Quelqu'un comme lui ne devrait pas se trouver là-dehors.

Hutch ne répondit pas. Il continua de le dévisager, cherchant quelque chose pouvant confirmer ses soupçons. Il ne trouva rien.

Peut-être que Jude n'était pas ce qu'il semblait être. Mais là encore, il y avait des chances qu'il ne soit réellement qu'un petit futé privilégié et pourri gâté. Peut-être que jamais *personne* ne lui avait jamais dit non, hommes ou femmes. Parce qu'il avait fait l'armée, Hutch savait qu'un hétéro ne refuserait pas une pipe ou un cul si on le lui proposait. Puis, il y avait ce gosse qui avait rejoint leur unité en Afghanistan : Brauderman. Mignon à vomir. Les cheveux blonds, les joues rouges, tout le tralala. Autour du gosse, Gorshen avait toujours agi de manière étrange et crispée : il craquait complètement pour lui, même si Gorshen était aussi hétéro qu'on pouvait l'être. Peut-être que Jude était comme ça. Peut-être qu'il avait en permanence des hétéros à ses pieds.

Alors, peut-être que ce flirt était juste un flirt. Et peut-être que Hutch était un fils de pute bien parano.

Il se détendit et attrapa une autre bouchée de chili.

— *J'ai un jeu de cartes. Mais il vaudrait mieux pour toi de ne pas mettre d'argent sur la table.*

— *Tiens donc ?*

Jude croisa à nouveau son regard, mais plus calmement cette fois-ci.

— *Attention, M. Vantard. Tu ne sais pas à quel point je suis bon à ce jeu-là.*

PRIS DANS LE BLIZZARD

Eli Easton

PRIS DANS LE BLIZZARD

Eli Easton

Publié par
DREAMSPINNER PRESS

5032 Capital Circle SW, Suite 2, PMB# 279, Tallahassee, FL 32305-7886 USA
www.dreamspinnerpress.com

Pris dans le blizzard
Titre original : Snowblind
© 2017 Eli Easton.
Première édition : mars 2017
Traduit de l'anglais par Charlotte Blake.

Illustration de la couverture :
© 2017 Bree Archer.
http://www.breearcher.com

Édition e-book en français : 978-1-64405-494-9
Édition imprimée en français : 978-1-64405-495-6
Première édition française : juin 2019
v 1.0

Édité aux États-Unis d'Amérique.

ELI EASTON a été, à d'autres époques et sous différentes identités une fille de ministre, une informaticienne, une conceptrice de jeux, le cerveau à l'origine de mystères aux allures paranormales, une auteure de fanfictions, une &agricultrice spécialisée en produits biologiques et grande dormeuse. Elle revêt désormais un nouveau masque, cette fois-ci celui d'écrivaine de romance M/M.

En tant que lectrice avide de ce genre, elle est toujours aux anges lorsqu'un auteur parvient à combiner dans une même histoire qualité littéraire, grande dose d'humour, une chaleur de braise et une tendresse qui donne la larme à l'œil. Elle promet de mettre tout en œuvre pour parvenir le plus souvent possible à un tel résultat. Elle habite actuellement dans une ferme en Pennsylvanie avec son époux, trois bulldogs, trois vaches et six poules. Tous (à l'exception de son mari) sont des femelles, ce qui peut expliquer que des hommes en tenue d'Adam aient souvent élu domicile dans ses récents écrits.

Site Internet : www.elieaston.com
Twitter : @EliEaston
E-mail : eli@elieaston.com

Par Eli Easton

DREAMSPUN DESIRES
#3 – Le prétendant volé
#29 – Pris dans le blizzard

Publié par **DREAMSPINNER PRESS**
www.dreamspinner-fr.com

À Poppy. Que je remercie pour l'inspiration.

Chapitre Un

BON sang, pourquoi fallait-il que les détecteurs de mouvement se déclenchent tout à coup pendant la nuit la plus froide de l'année ?

Parce que les animaux ressentent le froid, eux aussi, imbécile, et qu'ils sont à la recherche d'un abri.

Hutch resta allongé à fixer la tache lumineuse provenant de l'extérieur sur son plafond. La lumière avait été activée par quelque chose en mouvement et le faible *bip bip* de son alarme lui indiquait qu'il y avait quelque chose, là-dehors. Et voilà où il en était maintenant : toujours couché dans son lit à s'en plaindre. Merde, il ramollissait. Cela dit, il faisait moins dix dehors. S'il y avait des sales types dans les parages, c'étaient de vrais abrutis.

Il se glissa hors de son lit et enfila un pantalon GORE-TEX par-dessus son caleçon thermique. Il gagna la pièce principale du chalet et revêtit sa parka blanche résistante au froid, sa cagoule, son bonnet, ses bottes et ses gants. Il sortit sa carabine du placard et se faufila par la porte de derrière du chalet, loin de la lumière des capteurs. Comme Hutch déblayait régulièrement la poudreuse aux alentours, il n'émit pas le moindre bruit en se faufilant sous le couvert d'une rangée d'arbres pour revenir vers le porche. Ce foutu raton laveur allait avoir une sacrée surprise.

Sauf que l'intrus en question n'était pas un raton laveur. Lorsque Hutch put avoir un bon visuel de la cour située entre le chalet, l'abri et le garage, il aperçut la forme solitaire d'un humain dans une veste de ski noire, capuche relevée, plié en deux. La silhouette tituba vers le porche du chalet, se traînant comme une chose sortie d'un film d'horreur des années soixante-dix.

Ou d'une guerre.

L'adrénaline afflua dans ses veines. Qu'il ait sommeil ou non, qu'il soit gelé ou pas, il fut instantanément en état d'alerte maximale. Il balaya les arbres et l'allée sombre du regard sans parvenir à voir par-delà l'éclairage de sécurité. Il n'y avait pas un seul bruit dans l'obscurité. Il serpenta silencieusement entre les arbres et fit le tour de la propriété, à la recherche des compagnons de son indésirable invité. Mais il n'y avait personne, juste les traces imprimées du passage de l'homme solitaire dans la neige fraîchement tombée depuis la route.

Après cinq bonnes minutes, lorsqu'il fut relativement certain que l'autre homme était venu seul, Hutch approcha du porche. L'inconnu était appuyé contre la porte d'entrée du chalet. Il avait probablement déjà toqué.

Hutch se tint au-dessus de lui et pointa son canon sur le visage de l'homme toujours dissimulé dans l'ombre de sa capuche.

— *Qui êtes-vous ?*

Au milieu des étendues sauvages de l'Alaska, étouffées par la neige, sa voix profonde résonna fort.

L'homme fit des gestes de supplication avec ses mains et se redressa avec raideur, à moitié gelé.

— *Je vous en prie.*

La voix était grave, mais faible.

Hutch ne baissa pas sa carabine.

— *Qui êtes-vous ? répéta-t-il, plus fort.*

— J... J... Jude. Devereaux. Je vous en prie, ne tirez pas. Je cherchais juste un a... a... abri.

— *Les mains en l'air. Bien haut.*

L'homme obtempéra du mieux qu'il le put, mais ses membres semblaient être complètement engourdis par le froid. Hutch le fouilla rapidement, mais de manière approfondie, tâtant les épaisses couches de

2

vêtements protégeant un corps tonique et svelte. L'homme n'avait pas d'arme sur lui. Mais il avait un portefeuille. Hutch l'ouvrit et le plaça sous le meilleur angle de la lumière du capteur. *Jude Devereaux, Californie.*

Californie. La vache. Ce crétin devait être en état de choc à cause de la température. Même Hutch se les gelait. Il faisait un froid de canard, là-dehors.

Il baissa sa carabine.

— *Debout.*

Jude Devereaux tenta de se remettre sur ses pieds, mais il était mal en point. Hutch l'aida d'une prise ferme sur son coude, ouvrit la porte du chalet, incita Devereaux à entrer et le suivit.

À L'INTÉRIEUR du chalet, Devereaux vacilla dangereusement sur ses pieds sans entreprendre de retirer ses affaires. Il faisait plutôt frais dans le chalet. Hutch laissait toujours le feu se consumer petit à petit avant d'aller se coucher. Il remua les braises et ajouta quelques bûches, gardant un œil sur Devereaux dans sa vision périphérique. Devereaux ne bougea pas d'un pouce avant que Hutch ne se retourne pour lui faire face. Et lorsqu'il le fit, ce fut pour lever le bras et faire tomber sa capuche de ses mains gantées, épaisses comme des gourdins.

Hutch ravala un cri de surprise. Seigneur. Jude Devereaux était… Il était terriblement séduisant. Il avait d'épais cheveux noirs de toute évidence bien coupés, bien qu'ils aient été décoiffés par la capuche de sa doudoune et par la sueur. Ses yeux hébétés étaient bleus. Pas vraiment un bleu ordinaire, plutôt un bleu profond et lumineux, comme des foutus saphirs ou quelque chose y ressemblant. Il avait des pommettes hautes et saillantes, un profil légèrement plat, une peau pâle couverte de taches de rousseur, une barbe sombre, un nez droit dont les narines frémissaient légèrement et une large bouche aux lèvres charnues.

Hutch cligna des yeux. Qu'est-ce qu'une personne comme *lui* faisait à errer en plein milieu de l'Alaska au beau milieu d'une nuit glaciale du mois de mai ?

— *Qu'est-ce que vous fichiez, là-dehors ?* demanda Hutch, ne tentant même pas de masquer le « pauvre imbécile » implicite dans le ton de sa voix.

3

Devereaux fixa Hutch, puis baissa le regard, comme s'il cherchait à voir si ses pieds étaient encore bien attachés à son corps. Ses cils noirs étaient saisissants contre ses joues rougies par les bourrasques de vent.

— *Vous me croiriez si je vous disais que c'est une longue histoire ?*

— *Faites un résumé, insista* Hutch d'une voix dure.

Devereaux releva de nouveau les yeux vers lui, son regard s'éclaircissant quelque peu. Il avait l'air méfiant. Il essayait probablement de déterminer à quel point Hutch pouvait être dangereux. Ce n'était pas très surprenant. Hutch l'avait accueilli avec un flingue entre les deux yeux. Et même s'il n'était pas le mec le plus baraqué du monde, il avait l'air sérieusement massif à côté d'un homme de taille et de poids moyens comme Devereaux. Hutch n'avait pas non plus peur d'utiliser sa carrure pour intimider les autres. En ce moment même, il avait les épaules rejetées vers l'arrière, les jambes légèrement écartées et les bras croisés sur son torse. Ce gars se trouvait sur *son* territoire. Il voulait une réponse, bon sang.

Devereaux humidifia nerveusement ses lèvres gercées.

— *Je suis venu avec un ami pour des vacances au ski. Nous nous sommes disputés et je suis parti.*

— *Parti ? Parti pour aller où ?*

Devereaux essaya de hausser les épaules, mais cela tourna au grelottement à la place.

— *C'était une l... location.* Ça doit se trouver à huit kilomètres d'ici. J'ai marché.

Hutch arqua un sourcil, incrédule.

— *C'était stupide,* consentit rapidement Devereaux. Lorsque... je suis sorti, ça... ça n'avait pas l'air si terrible que ça dehors. Je pensais que je pourrais rejoindre la ville à pied. Ça ne paraissait pas si éloigné lorsque nous sommes arrivés en voiture. Je ne devais pas avoir les idées très claires.

— *Sans déconner.*

Devereaux baissa les yeux vers le sol.

— *J'ai couru quelques kilomètres.* Je ne pensais pas que ça serait un problème. Je cours facilement six, sept kilomètres chez moi et je me disais que courir me tiendrait chaud. Mais... le froid. Mon corps est devenu trop raide pour continuer de courir et la ville était plus éloignée que je ne l'imaginais. J'ai... J'ai vu votre allée. Je suis presque passé à côté dans le noir.

Sa voix perdit en puissance, ne devenant qu'un tremblement bas.

4

— *Encore heureux. Je n'aurais sûrement pas pu continuer comme ça encore très longtemps.*

— *Sans blague.* Vous êtes juste un abruti qui a bien de la veine d'être encore en vie après ça. Vous le savez, hein ?

Devereaux lui lança un regard franc. Il esquissa un petit sourire.

— *Ouais. Première règle lorsqu'on se tire dans un accès de colère : ne pas le faire* lorsqu'on est au bord d'un ravin *ou en plein milieu du désert de l'Alaska.*

L'humour noir dans ses mots apaisa davantage les soupçons de Hutch à son égard que ne l'avait fait sa fouille. Il poussa un grognement.

— *Vaudrait mieux constater l'ampleur des dégâts et vous faire avaler quelque chose de chaud.*

— *Je ne voudrais pas vous importuner. Si je pouvais juste utiliser votre téléphone, je pourrais appeler un taxi.*

Devereaux faisait bonne figure, mais Hutch pouvait dire qu'en se réchauffant à l'intérieur du chalet, il souffrait. Il n'avait pas essayé de retirer son manteau et il agitait ses mains avec raideur. Sa bouche, lorsqu'il ne l'ouvrait pas pour sortir des âneries, était pincée de douleur. S'il avait véritablement fait des kilomètres sous un temps pareil, il n'y avait aucun doute que son corps ne le supportait pas très bien, surtout en sachant qu'il était plutôt habitué au climat californien.

— *Il est deux heures du matin,* répliqua Hutch catégoriquement. *Et on n'est pas vraiment à* Manhattan ici. Vous n'irez nulle part cette nuit.

Pas tant que je ne décide pas que c'est une question de vie ou de mort de vous emmener à l'hôpital, ajouta Hutch dans sa tête.

— Enlevez votre manteau. Il faut que je vérifie vos mains et vos pieds.

L'espace d'un instant, Devereaux parut vouloir discuter son ordre, mais la fatigue fit pencher la balance dans son sens. En le voyant lutter avec ses gants, n'ayant pas la force de les retirer, Hutch le fit pour lui et les enleva délicatement. Les mains de Devereaux avaient pris une teinte rouge foncé critique, mais pas le noir qui aurait indiqué une engelure.

Hutch dézippa la doudoune de ski tape-à-l'œil et hors de prix de Devereaux et la lui retira. En dessous, il portait un pull-over thermique de ski bleu, par-dessus un physique très dynamique. Hutch conduisit Devereaux jusqu'au canapé, l'aida à s'y asseoir avant de s'agenouiller à ses pieds. Les bottes qu'il portait étaient de vraies chaussures allemandes, du type qu'on trouvait dans les complexes de luxe des Alpes suisses. Le cuir était épais et les matériaux, de haute qualité, doublés avec de la peau de mouton, chose qui avait probablement sauvé ses pieds. Lorsque Hutch eut enlevé les deux paires de chaussettes en laine, il constata que l'état des pieds de Devereaux était pareil à celui de ses mains : *irrités, mais ne tournant pas au noir.* La tranche ainsi qu'un de ses petits orteils étaient tout juste en train de virer au rouge sombre.

— *Si vous étiez resté dehors plus longtemps, vous l'auriez perdu,* constata-t-il en tapotant son orteil.

— *Putain, murmura* Devereaux sans y insuffler trop d'énergie.

Comme le reste de sa personne, ses mains et ses pieds étaient élégants, longilignes. Hutch sentit comme un malaise. *Quelqu'un comme lui ne devrait pas se trouver là-dehors.*

Il se releva.

— *Il faut vous faire couler un bon bain chaud. Vous devrez entrer dans la baignoire et rajouter de l'eau chaude petit à petit pour vous habituer à la température.*

Devereaux frissonna.

— *Il fait chaud ici. J'ai chaud.*

— *Vraiment ? Ben, pourtant faut dire qu'il ne fait pas si chaud que ça,* Devereaux, alors dites-vous que c'est pas bon signe. Allez prendre ce bain puis allez dormir. Nous verrons ce que nous ferons ensuite demain matin.

Devereaux avait fermé les paupières, mais il les rouvrit, et riva ses yeux incroyablement bleus Hutch avec un regard de gratitude.

— Jude. Appellez-moi Jude. Vous êtes un homme bien, vous savez ? Encore désolé de m'imposer à vous comme ça. Si vous êtes sûr qu'il n'y a pas de taxi…

Hutch s'abstint de lever les yeux au ciel.

— *Sûr, pas au beau milieu de la nuit.*

— *Je ne connais même pas votre nom.*

— Hutch.

— Hutch. Merci.

Les yeux de Jude se fermèrent de nouveau et il s'enfonça dans le canapé. Hutch profita de l'occasion pour approfondir sa fouille en l'inspectant de plus près et en explorant ses poches. Devereaux ne remua pas une seule seconde. Il ne portait pas d'armes sur lui, sauf s'il les cachait dans son cul, auquel cas, comme l'aurait dit son ancien camarade Moby D : il méritait bien de l'emporter. Top, roulement de tambour : *badaboum*.

Hutch laissa Devereaux se reposer sur le sofa pendant qu'il allait remplir le bain.

Chapitre Deux

HUTCH fit couler l'eau, prépara le thé et réveilla Jude pour lui faire avaler la boisson chaude. Jude grogna et frissonna dès la première gorgée, et Hutch l'obligea à boire la tasse entière.

Il s'assura que l'eau du bain était seulement tiède et non brûlante. Ce serait déjà un choc assez important pour son organisme. Hutch fit décoller Jude du canapé et le guida jusqu'à la salle de bain. La petite pièce était réchauffée par les vapeurs d'eau et par le chauffage d'appoint qu'il avait mis en marche.

— *Comment vont vos mains ? Est-ce que vous pouvez vous déshabiller tout seul ? demanda* Hutch d'un air détaché.

— *Ça va. Ça va, je vais bien.*

— Bon. *Ça ne va être très plaisant pour vos extrémités, mais faites en sorte qu'elles restent immergées. Lorsque votre corps se sera habitué, vous pourrez vider un peu la baignoire et ajouter de l'eau chaude avec le robinet à votre gauche.*

L'air épuisé, Jude acquiesça.

— *Ne vous endormez pas dans le bain, lui ordonna* Hutch d'un air grave.

Puis, il laissa Jude s'occuper du reste.

Une demi-heure plus tard, Hutch toqua à la porte de la salle de bain, sans obtenir la moindre réponse. Il ouvrit le battant et découvrit Jude endormi sur le sol, le corps recroquevillé sur lui-même pour s'adapter à l'étroitesse de la pièce. Sa peau était rose et encore un peu humide, et il était parvenu à enfiler le caleçon long et les chaussettes que Hutch avait mis à sa disposition. Ses lèvres étaient entrouvertes et il semblait profondément endormi. Il avait l'air presque fragile. Hutch connaissait bien ce type de sommeil. Il vous tombait toujours dessus après un affrontement ou un effort physique extrême. Le froid qui régnait ce soir-là et qui faisait tomber la température dans le négatif pompait l'énergie jusqu'aux os alors que votre corps tentait désespérément d'empêcher les parties les plus importantes – vos organes, votre cœur et votre foie – de geler.

Hutch positionna ses pieds de part et d'autre de Jude, s'accroupit et le souleva, hissant son invité entre ses bras. Il le porta jusqu'à la chambre et le déposa sur le lit, écartant la couverture de l'autre côté et l'y allongeant. Il borda la couette autour de lui et sortit une autre couverture du placard. Voyant que Jude ne bougeait pas d'un pouce, Hutch vérifia son pouls et sa respiration, mais tout paraissait fonctionner correctement.

De retour dans le salon, il fit plus minutieusement les poches de Jude, vérifiant chaque détail. Il y avait un smartphone hors de prix noir verrouillé par un mot de passe. Hutch ne tenta même pas de trouver la bonne combinaison. Il y avait le portefeuille en cuir de Jude. Il contenait presque trois cents dollars en espèces, un permis de conduire avec une photo de Jude, quelques cartes de crédit, une carte d'abonnement à une salle de sport, une autre de sécurité sociale et une photo de Jude avec les cheveux plus longs, jouant au volleyball avec un autre gars sur une plage ensoleillée. *Son amant ? Son frère ? Un ami ?* Il y avait aussi le portrait d'une petite fille brune aux yeux bleus à l'air sérieux qui ressemblait étrangement à Jude. *Sa sœur ? Sa fille ?* Il y trouva également plusieurs tickets de restaurants californiens et un autre enregistré à l'aéroport de Paris.

Hutch remit tout à l'intérieur du portefeuille, puis il déménagea les affaires de Jude sur une chaise dans la chambre. Après être revenu dans le salon, Hutch mit en route son ordinateur portable. Il fit une recherche à propos d'un certain « Jude Devereaux » et trouva plusieurs personnes portant le même nom. Lorsqu'il tomba sur une photo du gars qui était actuellement en train de dormir dans son lit, il creusa un peu plus loin sa recherche. De toutes les choses les plus ridicules qu'il aurait pu trouver, Jude était mannequin. Il y avait des photos de lui sur une piste d'atterrissage dans un costume en tweed et un manteau noir, et d'autres pour une campagne *Abercrombie & Fitch* où il était l'un des six mannequins représentés, tous d'origines ethniques différents. Il avait également été photographié pour une publicité de voiture où il se tenait à côté d'une BMW bleue. Dans celle-ci, il était habillé comme un homme d'affaires multimillionnaire. Ses yeux étaient de la même couleur que la voiture.

Il ne paraissait pas être extrêmement célèbre, mais de toute évidence, il avait quand même un peu de succès. Hutch grogna, aussi amusé qu'écœuré. *L'ami, ici en Alaska, tu dois être complètement dépassé par les événements*, songea-t-il avec amertume. La station de ski la plus proche, au mont Aurora, pouvait bien se targuer de ses spectaculaires aurores boréales, mais même là-bas, l'endroit était toujours un peu reculé. Ce n'était pas vraiment Aspen.

Il fouilla encore un peu sans rien trouver pouvant indiquer que Jude avait un jour fait l'armée.

La connexion Internet était mauvaise à cause des chutes de neige de plus en plus intenses et Hutch finit par perdre patience. Il éteignit l'ordinateur et s'allongea sur le canapé avec une couverture. Il n'avait pas envie de fermer l'œil, pas avec un étranger chez lui, pas alors que tant de questions restaient encore sans réponses. N'empêche, les capteurs l'en informeraient si quelqu'un d'autre approchait de sa propriété et Jude n'allait sûrement pas reprendre ses esprits avant plusieurs heures. Hutch laissa sa conscience tomber dans un état de semi-éveil.

HUTCH se réveilla à l'aube. Derrière les vitres, seuls régnaient le silence et la neige qui tombait dehors. C'étaient les prémices de la tempête annoncée. La température était remontée à un tendre -2°C, mais la neige tombait désormais abondamment par gros flocons qui s'accumuleraient rapidement.

Il vérifia l'état de santé de Jude. Ce dernier était toujours endormi et respirait correctement. Sous la couverture, Hutch se saisit d'un de ses bras pour examiner sa main ; la peau avait repris une couleur normale, pâle et couverte de taches de rousseur. Satisfait, Hutch le laissa dormir.

Il était presque midi quand Jude montra le premier signe d'éveil. Assis à la table de la cuisine, Hutch entendit du bruit venant de la chambre et patienta jusqu'à ce que Jude arrive en traînant les pieds. Ses cheveux étaient ébouriffés et il nageait littéralement dans le caleçon long de Hutch. Il avait encore le visage chiffonné par le sommeil et semblait toujours un peu groggy.

Jude marqua un temps d'arrêt et dévisagea Hutch.

— *Hé.* Je pensais vous avoir complètement rêvé.

— *Si vous m'aviez vraiment rêvé, je dirais que* vous n'avez pas une imagination très fertile.

Jude examina Hutch de haut en bas dans une brève évaluation de sa personne.

— Oh, je ne sais pas trop. Je trouve que j'ai une imagination plutôt débordante. Il y avait de bonnes chances pour que je me réveille ce matin et que je découvre que mon sauveur n'était en réalité qu'un vieil homme édenté et pas… eh bien, pas vous.

Il y avait une ironie dans son ton et Hutch était presque sûr qu'il y avait un compliment dissimulé derrière ses propos. Il était aussi bien plus bavard qu'il ne l'avait été la veille au soir.

Hutch ne se laissa pas prendre au jeu.

— *Il y a du café sur le plan de travail.*

Il avait laissé une tasse propre près de la cafetière. Jude se servit.

— *Il y a du lait dans le frigo, si vous voulez.*

— *Pas besoin, un café noir, ça me va très bien.*

Jude déposa la tasse sur la table et s'y percha. Il scrutait Hutch de ses yeux bleus, avec bien moins de méfiance que la veille.

— Hutch, c'est ça ? Hutch tout court ?

Hutch hésita. Encore maintenant, son côté prudent l'incitait à en divulguer le moins possible sur lui.

— *Vous n'êtes pas obligé de répondre, dit* doucement Jude. Je demande juste parce que les noms de famille en révèlent beaucoup sur une personne en principe. Par exemple : un O'Malley ou un Connelley sont des personnes très différentes d'un Washington, d'un Stellman ou d'un Fenniwinkle.

— *Tiens donc ? Les* États-Unis sont un vrai creuset pourtant. Un O'Malley peut tout aussi bien être un Juif noir habitant Brooklyn.

Jude haussa presque imperceptiblement les épaules.

— *En général, dans chaque nom, on peut y associer quelque chose à une personne.* Mais ce qui est encore plus révélateur, c'est quand quelqu'un refuse carrément de le donner.

11

Ses mots étaient légers, vivants, comme s'il était habitué à ce genre de badineries. Hutch, contrairement à lui, n'avait jamais été un grand bavard et après avoir vécu quasiment seul pendant deux ans, il était un peu rouillé lorsqu'il s'agissait de faire la conversation comme autrefois.

Il prit une gorgée de café.

— Loran. Hutch Loran.

— Ah.

Jude se laissa aller contre le dossier de sa chaise.

— Ouais, ça ne m'inspire vraiment aucune comparaison. Je suppose que vous serez mon premier Loran.

— *Vous en avez, de la chance.*

— *Parfaitement d'accord.*

Jude lui sourit par-dessus sa tasse de café.

— *Merci* de m'avoir recueilli et de m'avoir réchauffé la nuit dernière, Hutch Loran. J'imagine que j'aurais pu mourir là-dehors.

— *Je dirais plutôt que c'est un vrai miracle que vous ne soyez pas déjà mort.*

Hutch décida de laisser Jude prendre ça comme il le voulait. Le sourire de Jude s'effaça.

— *Sûrement.* Dites-moi… On est loin de la ville ?

— *À environ treize kilomètres, à peu près.*

— *Sérieusement ?*

Jude se passa nerveusement la main dans les cheveux. Sa coupe était si bien réussie que le geste fit parfaitement retomber ses cheveux sombres et ébouriffés par la nuit.

Hutch ressentit une pointe d'agacement au signe évident de richesse et de coquetterie. Il tourna les yeux vers la fenêtre.

— *Je peux payer pour votre hospitalité.* Et pour un taxi, si ça existe dans le coin. Et sinon, je peux régler les frais pour que vous m'emmeniez en ville. Encore désolé pour le dérangement.

— *Pas besoin de me payer. Et pour ce qui est d'aller en ville, ça ne risque pas, aujourd'hui.*

Le ton de Hutch trahit son impatience lorsqu'il fit un signe de tête en direction de l'épaisse couche de neige derrière la vitre.

— *Je vois ça.* Mais vous n'êtes pas censés être habitués aux chutes de neige en Alaska ?

— *C'est ça, tout comme nous sommes aussi habitués à nous mettre à l'abri lorsque la visibilité et les coups de vent sont aussi catastrophiques que ça.* La route pour descendre la montagne jusqu'en ville est raide. Si je vous y embarquais, même si nous arrivions à destination, ce serait trop risqué pour moi de remonter. Non, nous n'allons nulle part avant vendredi.

Hutch avait des chaînes à neige pour les pneus de son pick-up, mais aucune envie de sortir dans cette tempête. Jude Devereaux n'était pas sur son lit de mort, donc il pouvait encore ronger son frein quelque temps.

— *Ça m'embête de devoir vous déranger pendant une si longue période.* Attendez… on est quel jour aujourd'hui ?

— *Mardi.*

Les yeux de Jude se firent distants alors qu'il réfléchissait.

— *C'est vrai.* Nous sommes arrivés hier seulement. Seigneur, j'ai l'impression que c'était il y a des lustres déjà. Le pilote avait dit quelque chose à propos d'une tempête, je crois. Om… mon ami… lui aussi, il m'en avait parlé.

Les yeux de Jude s'assombrirent de colère et sa mâchoire se contracta nettement. Il était encore furieux à propos de quelque chose.

La perche tendue était trop tentante pour qu'il l'ignore. Hutch se pencha en avant, les coudes posés sur la table et les yeux fixés sur son invité.

— *Vous êtes seulement arrivé hier ?*

— *Oui.*

— *D'où ça ?*

— De Fairbanks. Et avant ça, de San Francisco.

Jude toisa Hutch prudemment.

— *Avec qui ?* Comment ça se fait que vous vous soyez retrouvé tout seul devant chez moi en plein milieu de la nuit ?

Jude arqua un sourcil comme pour dire : « Qui a dit que c'étaient vos affaires ? » Puis, il se redressa dans sa chaise, le regard inébranlable.

— *Je suis venu ici avec un ami. Je n'avais pas réalisé que nous allions en* Alaska. Je pensais que nous nous rendions à Vail ou quelque chose comme ça. Pour aller faire du ski, vous voyez ? Nous avons pris l'avion jusqu'à Fairbanks, puis un jet privé jusqu'ici lundi dans l'après-midi. Mon ami avait déjà loué un chalet bien approvisionné.

— *Votre ami.*

— *Oui.*

Jude avait dit « il ». Quel genre de mec en emmène un autre pour un voyage surprise en Alaska pour aller faire du ski ? *Pas un hétéro.* Qui que ce soit, la personne ayant entraîné Jude jusqu'ici avait de l'argent, beaucoup

13

d'argent. Est-ce que Jude était du genre profiteur ? Le petit minet d'un milliardaire ?

— *Vous êtes gay, alors ? le questionna crûment* Hutch. Ou juste flexibles et ouvert aux offres les plus lucratives ?

Jude haussa un sourcil.

— *Vous demandez pour vous ou pour un ami ?*

Son ton était rieur, mais il y avait une note d'amertume, là aussi.

Le visage lisse, Hutch sentit une vague d'embarras le traverser. Jude poussa un soupir.

— *Est-ce que je couche avec des hommes ? Oui.* Est-ce que je le fais pour de l'argent ? Non. Désolé de vous décevoir, mais vous trouverez bien autre chose pour dépenser les petites économies que vous cachez sous votre matelas.

Hutch sourit. Il aimait bien le répondant de ce gars.

— *Je crois que je vais m'en remettre.*

— *Et de votre côté ? Vu que nous en sommes aux confidences sur notre sexualité.*

Hutch plissa les yeux, fronça les sourcils et se leva pour aller remplir à nouveau sa tasse de café. Le silence était pesant.

— *Pardon, dit* Jude, le ton léger. Ce ne sont vraiment pas mes oignons. Surtout vu que vous êtes assez généreux pour m'offrir le gîte. Vous m'avez sauvé la vie, vous savez. C'est pas des conneries.

— *N'importe qui aurait fait pareil. En* Alaska, on prend soin les uns des autres.

— *Même des étrangers ?*

— *Surtout des étrangers, parce qu'ils sont trop stupides pour s'occuper d'eux-mêmes.*

Jude pouffa.

— *Je plaide coupable.* D'un autre côté, je suis un vrai dieu sur les voies rapides de la I-110 [1].

Jude était drôle et futé, et Hutch l'appréciait bien malgré lui, probablement parce que la plupart du temps, il n'avait personne à qui parler à l'exception de ses quatre murs. Mais cela ne voulait pas dire qu'il allait remettre son interrogatoire à plus tard. Il se rassit avec son café.

1 *Interstate highway*, littéralement une « autoroute inter-États » d'une cinquantaine de kilomètres qui permet de relier le port de Los Angeles à la ville de Pasadena.

— *Pourquoi est-ce que votre petit ami vous a emmené au mont* Aurora au lieu d'aller à Vail ?

Jude haussa les épaules.

— *Pour frimer.* C'est original et plus périlleux. Plus pentu. Pendant tout le vol, il n'a pas arrêté de vanter la nature sauvage de l'endroit et de ses aurores boréales.

Il y avait une touche de colère dans les yeux de Jude. Hutch l'observa, patientant.

Jude secoua la tête et expira pour se calmer.

— La nuit dernière, j'ai compris que ce voyage n'était qu'une excuse pour pouvoir tout contrôler chez moi. Il était déjà trop tard pour lui échapper à partir de là et il n'y avait personne d'autre avec qui je pouvais rester. S'il n'y avait pas de bars ou d'établissements dans le genre dans le coin, c'était aussi pour qu'il puisse avoir toute mon attention. Je me souviens du moment où il a mentionné que nous serions pris dans une tempête de neige pendant plusieurs jours. C'est l'une des raisons pour lesquelles je me suis suffisamment mis en rogne pour me tirer de là-bas hier soir. Je ne voulais pas le laisser arriver à ses fins, ni qu'on se retrouve, lui et moi, coincés ensemble durant tout ce temps. Et je pensais que je pourrais me rendre en ville avant que les intempéries ne s'aggravent.

Jude se passa une main dans les cheveux, l'air frustré.

— *Nous sortons ensemble depuis un mois seulement.* Je sentais bien déjà qu'il avait une tendance possessive avant ce voyage, mais… Eh oui, c'est vrai : je m'emporte facilement. Je déteste quand on essaie de me piéger.

Hutch grommela. Honnêtement, cette histoire sonnait comme quelque chose que lui-même aurait fait. Il n'aimait pas non plus quand les gens essayaient de le tenir en laisse. Surtout qu'un gars comme Jude avait sûrement un paquet de prétendants.

— *Et c'est quoi le nom du type en question ?*

— Omar.

— *Est-ce qu'*Omar va partir à votre recherche ?

— *J'en doute.* Il ne m'a pas suivi après que je suis parti la nuit dernière.

— *Il pensait sûrement que vous n'iriez pas bien loin et que vous reviendriez à un moment ou un autre.*

— *Peut-être.*

— *Mais vous êtes allé loin. Ça doit être un véritable enfoiré s'il n'est pas parti sur vos traces par ce temps-là.*

15

— *C'est ça, un enfoiré, commenta froidement* Jude. Il imagine sûrement que j'ai réussi à atteindre la ville. Et même si ce n'est pas le cas, pour lui, je mérite certainement de mourir de froid après l'avoir rembarré.

Hutch grimaça.

— *Vous croyez qu'il irait jusqu'à souhaiter votre mort ?* Pourquoi est-ce que vous étiez avec lui, si vous le croyez vraiment ?

Jude sembla éviter son regard.

— *Ce n'est pas ce que je pensais quand nous avons commencé à sortir ensemble, c'est sûr.* Les gens cachent toujours leurs côtés les plus sombres. Tout ce que je dis, c'est que ça ne m'étonnerait pas que je l'aie assez énervé pour qu'il se fiche d'où je peux bien me trouver. Puis, même si ça lui importe, ce n'est pas comme s'il allait s'embêter à venir me chercher, pas par ce temps. Il n'est pas du genre à jouer les héros.

Hutch scruta le visage de Jude. Il n'avait pas du tout l'air inquiet. La neige avait commencé à tomber tôt dans la matinée, donc les traces laissées par Jude avaient certainement déjà été recouvertes. Mais elles devaient avoir été discernables pendant au moins quelques heures avant ça, à supposer qu'Omar les ait cherchées.

— *Est-ce qu'*Omar a des hommes avec lui ?

Jude parut confus.

— *Des hommes ? Non.* Il n'y avait que nous deux.

— *Et le pilote qui vous a emmenés ici ?*

— *Il nous a quittés à l'aéroport.* C'était juste la routine pour lui.

Jude fronça les sourcils.

— Écoutez, je réalise que je suis un indésirable ici, mais il n'y a pas de raison de tourner ça à l'interrogatoire. Y a aucun problème.

Ouais. Bien sûr. C'était toujours ce qu'on disait. Hutch se rendit jusqu'à son bureau, sortit une carte topographique du secteur et la déplia sur la table en déplaçant leurs tasses.

— *Nous sommes ici.*

Il pointa la zone dans laquelle se situait le chalet juste à côté de Camelback Road.

— Et là, c'est la ville.

Il montra une concentration de routes sur la droite de la carte.

— Est-ce que vous sauriez me dire où vous séjourniez ?

Jude poussa un soupir avant de se lever et de se pencher sur la carte. Son trouble transparaissait toujours, comme s'il pensait qu'il en faisait vraiment toute une histoire pour pas grand-chose, mais Hutch s'en fichait

16

bien. C'était parce qu'il était consciencieux qu'il avait survécu aussi longtemps. Jude examina la carte pendant plusieurs minutes en retraçant les chemins avec son doigt. Ses mains étaient minces, manucurées et le perturbaient d'une façon tout à fait exaspérante.

Hutch ressentit de nouveau un certain malaise quant à l'étrangeté de l'apparition d'un homme tel que Jude Devereaux sur le pas de sa porte. Il était trop parfait. Et peut-être que la beauté avait bien le pouvoir de pénétrer vos pensées et de tout détraquer, mais pour Hutch, il y avait autre chose chez Jude, quelque chose qui allait au-delà d'une bonne génétique. De manière générale, Hutch n'était pas du genre à craquer pour l'apparence de quelqu'un. Il n'était pas de ceux qui bavaient sur des acteurs ou des calendriers sexy. Pourtant, Jude avait quelque chose de captivant. Il y avait de l'intelligence dans ses yeux, de l'humour, de l'astuce, de la transparence, de la franchise, tout à la fois. Pour un bellâtre dans son genre, il y avait aussi une touche inattendue de robustesse. Pas à la suite d'une expérience militaire, non, mais il semblait teigneux, comme quelqu'un qui ne se laissait marcher dessus par personne. Il fallait dire qu'il avait quand même plaqué quelqu'un au beau milieu des contrées sauvages de l'Alaska, après tout. Il fallait en avoir des belles. D'un autre côté, c'était aussi carrément stupide, mais il fallait en avoir quand même. Si Jude Devereaux avait été dans l'unité de Hutch dans les Marines, il aurait été son favori – *sûrement comme l'avait été* Randy.

Personne ne ressemble à Randy ou Moby D ou Fred. Alors, ferme-la.

Non, Jude n'était pas Randy. Malgré tout, il existait des personnes avec qui ça collait tout de suite, comme ça avait été le cas entre Randy et Hutch. Dès les cinq premières minutes avec Randy, Hutch avait su qu'ils allaient être amis. De bons amis. Les meilleurs. Il ressentait aussi cette connexion avec Jude, ce qui était aussi surprenant qu'illogique. Ils n'avaient rien en commun.

— *Je ne suis pas passé dans un tunnel ni sous une passerelle, ça j'en suis sûr.*

Jude tapota des doigts les éléments en question sur la carte.

— *Et votre allée était sur ma droite lorsque je suis descendu par cette route.* Seigneur, j'aurais pu complètement la rater. Qu'est-ce qui se serait passé si votre allée n'avait été qu'un interminable petit chemin boueux qui ne mène nulle part sans le moindre signe de vie aux alentours ?

Un tremblement le trahissait à chaque mot.

— *Mais ça n'en était pas un.* Continuez.

Jude sortit de sa léthargie et se concentra de nouveau sur la carte.

— OK, je pense que je séjournais quelque part dans cette zone.

Il encercla de son doigt une petite superficie que Hutch situa à environ cinq ou six kilomètres en amont plus à l'ouest.

— *Le chalet qu'*Omar a loué se trouve probablement sur une de ces trois routes secondaires en direction de Camelback. Je n'ai pas vu le nom de la route, mais le chalet se trouvait à environ quatre cents mètres en aval. L'endroit est immense, tout en rondins de bois et en stuc blanc. Très moderne. Très chic. C'est du Omar tout craché.

Jude avait lancé cette dernière phrase d'une voix plus que sèche.

Hutch replia la carte.

— *Très bien. Je vous remercie. Vous aurez sûrement encore un peu sommeil dans la journée.* Votre corps est toujours épuisé après avoir eu à lutter comme ça contre le froid.

— *Je n'ai pas envie de dormir.* Est-ce qu'il y a quelque chose d'utile que je pourrais faire ? Je vous offrirais bien de couper du bois ou je ne sais pas, mais ça n'a pas l'air d'être le meilleur jour pour mettre le nez dehors. J'ai, euh, essayé mon téléphone plus tôt, mais il n'y a pas de réseau.

Le premier réflexe de Hutch fut de penser à décliner son offre, mais il savait qu'il était toujours préférable d'occuper un homme, même si c'était avec de petites tâches.

— *D'habitude, j'arrive à capter le réseau, mais pas avec une tempête comme* celle-ci. Désolé.

Il ne l'était pas. Cela le soulageait, même, de savoir que Jude ne pourrait ni passer d'appel ni accéder à Internet.

— *Vous pouvez préparer quelque chose pour le déjeuner, si vous voulez. Savez-vous cuisiner ?*

— *Je ne suis pas un chef cuistot, mais je m'en sors plutôt bien dans une cuisine.*

— *Parfait.* Je vais faire un tour en motoneige. J'en ai pour un moment. Vous pouvez commencer à faire à manger d'ici deux heures, si vous vous ennuyez.

Jude fronça les sourcils.

— *Vous avez une motoneige ? Vous ne pouvez pas m'emmener en ville avec ? Ça me gênerait que vous m'ayez dans les pattes pour les trois prochains jours.*

— *Je ne peux pas. C'est trop loin et bien trop risqué dans ce blizzard. Je vais juste aller inspecter plusieurs de mes pièges pas très loin.*

— *Ah. D'accord.*

Jude parut soulagé. Sa réaction était intéressante. Avait-il peur de monter sur une motoneige ? Ou n'était-il finalement pas aussi pressé de partir qu'il le prétendait ?

— *Restez à l'intérieur pendant mon absence, ajouta* Hutch.

Jude sourit.

— C'est promis. Promis juré. Après la nuit dernière, je n'ai plus du tout envie de sortir là-dessous.

Hutch ne prit pas la peine de dire « Et surtout, ne touchez à rien. ». Tout ce que Hutch ne voulait pas que Jude ait sous les yeux, il l'avait mis en sécurité dans la matinée. Et si Jude se mettait à fouiner, Hutch le saurait. Le comportement qu'il adopterait durant son absence lui en apprendrait plus que tout ce qu'il avait laissé entrevoir jusque-là.

Chapitre Trois

HUTCH fit le plein de la motoneige avec le bidon d'essence qu'il gardait dans son garage et démarra. Entre les épais flocons tourbillonnants et les bourrasques, la visibilité était plus que mauvaise, mais il connaissait bien les environs. Il longea Camelback Road, qui était déjà sous trente centimètres de poudreuse, et se dirigea en amont. Il inspecta les chemins que Jude avait indiqués sur la carte. Cela lui prit trois tentatives avant de trouver la bonne maison.

Un discret panneau « à louer pour les vacances » marquait le début de l'allée. Et, effectivement, le chalet était très chic. Il pouvait se targuer de mesurer au moins 280m2 et d'être muni d'épais rondins en bois laqué et de plâtre blanc immaculé. La structure était inspirée des chalets suisses, mais en plus moderne. Un lampadaire au bout du chemin brillait faiblement dans la lumière grisâtre du petit matin. Ils n'avaient donc pas encore perdu l'électricité, mais en même temps, un endroit tel que celui-ci possédait sans doute un générateur en réserve, au moins.

Hutch laissa la motoneige au bout de l'allée et se dirigea vers la maison au travers du manteau de poudreuse fraîche. Il fit le tour, jetant un coup d'œil par chaque fenêtre. Le salon se trouvait à l'arrière derrière une paroi en verre qui allait du sol au plafond. Des stores verticaux étaient tirés, mais pas entièrement. Au travers des bandes de tissu, Hutch eut un aperçu d'un homme faisant les cent pas. Il portait un pantalon gris et ce qui semblait être un pull en cachemire couleur crème. C'était un bel homme, probablement la petite quarantaine, avec une barbe coupée court et une touffe de cheveux noirs arborant quelques mèches grises. La télé était allumée derrière lui, mais l'homme n'y prêtait pas attention et appuyait furieusement sur les boutons d'un téléphone portable, peut-être pour tenter de retrouver du réseau. Il n'avait pas l'air en colère, plutôt agacé, ce qui était compréhensible s'il était venu ici dans l'intention de passer de folles vacances avec un gars comme Jude et qu'il avait fini par se retrouver tout seul. À cause du blizzard, Omar était désormais coincé ici.

Hutch s'établit dans le froid et la neige, et l'observa pendant une trentaine de minutes afin de s'assurer qu'il n'y avait vraiment personne d'autre dans la maison et que rien de bizarre ne s'y tramait. Omar semblait être complètement seul.

Satisfait, Hutch retourna à la motoneige. Ce qu'il avait vu corroborait l'histoire de Jude. Hutch était surpris d'en être à ce point soulagé. Cela ne faisait pas de mal d'avoir un peu de compagnie. Il ressentait un agréable sentiment d'anticipation à l'idée que quelqu'un se trouve actuellement au chalet en train de préparer le déjeuner. Sa vie était des plus monotones, dernièrement. Il travaillait à mi-temps à la station, mais il ne s'était pas réellement fait de vrais compagnons depuis qu'il était arrivé. Et lorsqu'il était chez lui, la solitude était plus que pesante. Il n'avait jamais invité personne de la ville chez lui, que ce soit pour coucher ou pour d'autres activités.

Ne baisse pas trop ta garde, l'avertit une voix dans sa tête. *Tu ne peux pas te permettre d'être vulnérable.*

C'était exact. Mais la baisser juste un tout petit peu ne pourrait sûrement pas lui faire grand mal.

— C'EST bon, dit Hutch.

Il leva intérieurement les yeux au ciel devant son inaptitude à tenir une vraie conversation. Il réessaya, la voix bourrue.

— *Vous avez mis des aromates que je n'utilise pas d'habitude.*

— *De la cannelle.*

Jude remua son propre bol de chili.

— Et du cacao en poudre.

— *C'est ça.*

Hutch était affamé. Il avait envie de dévorer le bol entier de chili et de polenta maison qu'il avait devant les yeux. Cependant, il s'obligea à faire preuve d' « un peu de foutu savoir-vivre », comme Randy disait.

— *J'aurais bien ajouté quelques gouttes de sang de vierge, mais vous étiez à court.*

Hutch garda une expression neutre.

— *Vous auriez dû regarder dans le meuble en dessous de l'évier.*

En retour, Jude fit preuve de la même impassibilité.

— *C'est bon à savoir pour la prochaine fois.*

À l'extérieur, la tempête formait à présent un voile blanc. Rien ne rentrait et rien ne sortait. Cela plaisait bien à Hutch. Peut-être plus que nécessaire.

— *Alors ? Avez-vous attrapé quelque chose dans les pièges que vous avez mentionnés ?*

L'expression de Jude était amusée. Avait-il deviné que Hutch était allé vérifier ses dires ?

Hutch haussa les épaules.

— *Je ne chasse pas pour pouvoir raconter des histoires.*

— *Je suis certain que les opossums apprécient votre grand tact.*

— *Il n'y a pas d'opossums. Des ours. Pas des petits. Des loups. Des couguars.*

Jude eut un air dubitatif.

— *Des couguars ? Vraiment ?*

Hutch lui jeta son « regard qui tue ». En vérité, il n'avait jamais vu de couguars en Alaska, mais faire flipper Jude était plutôt divertissant.

Jude secoua la tête.

— *Super.* Il est probable que je refuse de quitter cet endroit avant qu'il y ait une voiture avec un moteur en état de marche garée devant la porte d'entrée.

Hutch lui lança un sourire féroce.

— *Vous pensez que vous êtes plus en sécurité à l'intérieur ?*

— Oh, j'espère me tromper.

Jude lui jeta un regard sans équivoque et lécha le beurre qu'il avait sur son pouce.

Hutch plissa les yeux. À moins qu'il ne se trompe, Jude lui faisait bien du rentre-dedans. Pourquoi ? Hutch n'avait rien d'une beauté classique. Il était plus du genre cheval de trait que pur-sang et il avait un visage banal marqué par des cicatrices ; *certaines très prononcées*, comme la lacération de cinq bons centimètres barrant sa joue. D'accord, certains homos avaient un goût prononcé pour les caïds. Mais Jude Devereaux tentait sa chance en faisant les yeux doux à un homme qui avait l'air d'un hétéro à première vue et avec lequel il était coincé pour les trois prochains jours. Un autre aurait bien pu lui envoyer son poing dans la figure et le foutre dehors sous la neige dans la seconde.

Et cela soulevait la méfiance de Hutch. Le combattant qu'il était à l'intérieur leva sa tête aux dents pointues. Jude Devereaux était-il vraiment celui qu'il prétendait être ? Tout ceci n'était-il qu'un jeu ? Pourquoi était-il ici ?

Devant la tête que devait faire Hutch, Jude poussa un soupir résigné. Son expression qui se voulait séductrice disparut.

— *Alors, c'est comme ça. Je vois. Auriez-vous un jeu de cartes ou quelque chose dans le genre ? Le temps va être long jusqu'à vendredi.*

Hutch ne répondit pas. Il continua de le dévisager, cherchant quelque chose pouvant confirmer ses soupçons. Il ne trouva rien.

Peut-être que Jude n'était pas ce qu'il semblait être. Mais là encore, il y avait des chances qu'il ne soit réellement qu'un petit futé privilégié et pourri gâté. Peut-être que jamais *personne* ne lui avait jamais dit non, hommes ou femmes. Parce qu'il avait fait l'armée, Hutch savait qu'un hétéro ne refuserait pas une pipe ou un cul si on le lui proposait. Puis, il y avait ce gosse qui avait rejoint leur unité en Afghanistan : Brauderman. Mignon à vomir. Les cheveux blonds, les joues rouges, tout le tralala. Autour du gosse, Gorshen avait toujours agi de manière étrange et crispée : il craquait complètement pour lui, même si Gorshen était aussi hétéro qu'on pouvait l'être. Peut-être que Jude était comme ça. Peut-être qu'il avait en permanence des hétéros à ses pieds.

Alors, peut-être que ce flirt était juste un flirt. Et peut-être que Hutch était un fils de pute bien parano.

Il se détendit et attrapa une autre bouchée de chili.

— *J'ai un jeu de cartes. Mais il vaudrait mieux pour vous de ne pas mettre d'argent sur la table.*

— *Tiens donc ?*

Jude croisa à nouveau son regard, mais plus calmement cette fois-ci.

— *Attention, M. Vantard. Vous ne savez pas à quel point je suis bon à ce jeu-là.*

— *Peu importe.*

Hutch découpa un gros morceau de polenta avec sa fourchette et le porta à sa bouche. Bon sang, que c'était bon.

Jude sourit d'un air entendu. C'était un défi. Et Hutch était prêt à le relever.

APRÈS qu'ils eurent terminé de manger et de faire la vaisselle, Hutch sortit deux bières du réfrigérateur et déposa sur la petite table de la cuisine un paquet de cartes et une boîte de vieux jetons de poker rouges, bleus et jaunes qu'il avait trouvés dans le chalet lorsqu'il avait emménagé. Il était seulement deux heures de l'après-midi, mais avec le blizzard dehors, le temps avait perdu toute réelle signification.

Hutch battit les cartes.

— *À quoi est-ce qu'on joue ?*

— *Au* Texas Hold'em. Ou à un bon vieux Five, sinon.

— *Un Five.*

— *OK. La mise ?*

Jude jeta un coup d'œil dégoûté aux jetons.

— *Tout à part ça.* Ce n'est pas impossible qu'ils aient une valeur marchande sur le marché des vieux jouets. Ou peut-être même dans celui des produits pharmaceutiques. Ils portent sûrement encore les premiers germes de la peste noire.

Hutch renifla, amusé.

— *Hé, pour ce que vous en savez, ces jetons m'ont peut-être été légués par mon arrière-grand-père. Alors, ne faites pas le malin. On joue du cash, alors ?* On ne dépasse pas la centaine. Une limite de cinq billets par tour ? Les jetons correspondent à la mise en dollars.

Jude arqua un sourcil.

— *Je pensais que vous étiez sûr de pouvoir me battre ?*

— *Je le suis. Mais je me sentirais mal de vous ruiner, je n'ai pas pour habitude de prendre avantage sur les plus faibles que moi.*

Le sourire de Jude possédait un éclat dangereux.

— *Marché conclu, l'ami.*

24

Ils continuèrent de jouer pour cette cagnotte de cent dollars durant les trois heures qui suivirent. Au préalable, ils s'étaient partagés les jetons – cinquante chacun. Les jetons faisaient des allers-retours comme s'ils n'arrivaient pas à se décider. Ils étaient à égalité. Hutch avait un jeu agressif et maîtrisait parfaitement la neutralité de son expression. De son côté, Jude avait un jeu intelligent – *rusé, même – et il avait une chance de pendu lorsqu'il s'agissait d'obtenir de bonnes cartes.*

— *Vous n'avez pas de tells* [2], *se plaignit Jude après un bluff de Hutch qui lui avait fait remporter une main avec une paire de dix.*

— *On n'est pas censé en avoir. C'est le but du jeu.*

— *Bien. Dans ce cas, si j'humidifie mes lèvres, ça n'aura rien à voir avec mon jeu, dit Jude en lui faisant un clin d'œil.*

Hutch plissa les yeux, mais ne chercha pas à répondre. Le flirt de ce salaud avait repris du poil de la bête au cours de la partie. Essayait-il de le déstabiliser ? S'il tentait de le distraire à dessein, cela fonctionnait. Les pensées de Hutch n'arrêtaient pas de se lancer sur des sujets qui n'avaient rien à voir avec le poker.

Implacablement, il se força à se concentrer. Il avait toute envie de dépouiller Jude, juste pour une question de fierté. Il avait déjà cerné l'un des tells de Jude. Lorsqu'il avait un bon jeu, il passait un doigt sur le dos des cartes, comme si elles lui étaient précieuses ou quelque chose comme ça. Ce fut pourquoi, lorsque Jude ne cessa de faire monter la mise sur une main en particulier, Hutch se coucha bien qu'il ait eu deux as en réserve.

Il s'avéra que Jude avait que dalle.

Et ce salaud prétentieux savait parfaitement comment il avait plumé Hutch. Il empocha les jetons avec le sourire.

— *Des présomptions, que de présomptions. Tss-tss.*

— *Merdeux, dit* Hutch sans véritable colère.

— *Tout le monde ne peut pas être aussi impassible que vous. Un homme doit apprendre à vivre avec ses faiblesses.*

— *Vous admettez en avoir ? Je parie que c'est une première.*

— Oh, mais j'ai des faiblesses.

2 Indice physique ou comportemental identifié chez l'adversaire

L'espace d'une seconde, le regard de Jude tomba sur le torse de Hutch, et qu'est-ce qu'il pouvait bien y faire si son corps à lui y était sensible, hein ?

Il mélangea les cartes avec plus de force que nécessaire.

Les jetons continuèrent de faire des allers-retours comme s'ils étaient des gosses que Hutch et Jude élevaient ensemble. La lumière dans la pièce faiblissait alors que le soleil, quelque part au-delà de la tempête, achevait sa course. Hutch alluma l'ampoule au-dessus de la table.

Jude finit par mettre tous ses jetons en jeu aussitôt que Hutch eut terminé la distribution.

— *On avait dit cinq dollars au maximum, lui rappela* Hutch. Et vous n'avez même pas encore regardé vos cartes.

— *Ennuyant.* Misons tout sur la dernière main. À moins que vous ne vouliez rendre le jeu un peu plus intéressant en changeant l'enjeu ?

— *Le changer pour quoi exactement ?*

Jude sourit avec désinvolture.

— *Un strip poker ?*

Hutch renifla de dérision.

— *Vous avez quoi, douze ans ?*

Jude haussa les épaules.

— *Vous vous fichez de perdre cent billets.* Mais vous vous moquez peut-être moins de devoir rester là les bijoux de famille à l'air. Le jeu serait plus intéressant.

— *Vous ne risquez pas de les voir.* Je suis.

Hutch misa l'ensemble de ses jetons.

— *Navrant, répondit* sèchement Jude.

Hutch ne commenta pas. Il regarda ses cartes. Ils en échangèrent deux chacun, mais avec tous les jetons déjà en jeu, il n'y avait plus d'intérêt à relancer ou à suivre la dernière mise. Ils abattirent leurs cartes. Hutch avait une paire de rois. Jude était à deux doigts d'avoir un flush.

Hutch ramassa les jetons. La victoire était beaucoup moins satisfaisante qu'elle aurait dû l'être, mais il fit comme si.

— Voilà ce qu'on gagne à faire des paris idiots. Mais qui sait, vous allez peut-être tout regagner à la prochaine partie ?

Jude se redressa et s'étira. Son tee-shirt se releva dans le mouvement, révélant un bout de sa peau pâle et la ligne de poils noirs en dessous de son nombril. Hutch n'y jeta qu'un seul coup d'œil, mais Jude le surprit quand même et il fit monter un peu plus la température en frottant lascivement son ventre et en faisant se contracter ses tablettes de chocolat d'une blancheur laiteuse. Il haussa un sourcil, défiant Hutch de regarder.

Tout en gardant un visage impassible, c'est ce que fit Hutch.

— *Plus de cartes pour moi, à moins que vous ne soyez prêt à offrir une mise plus tentante*, dit Jude. Peut-être qu'une autre bière pourrait vous aider à vous décider.

Il tourna les talons et se dirigea vers la cuisine. En un clin d'œil, Hutch se catapulta en dehors de son siège. Il agrippa le coude de Jude, le retourna vers lui et le poussa contre le mur de la cuisine. Il plaqua un de ses bras sur son torse. Le visage de Jude trahit une étincelle d'inquiétude avant qu'il ne se décide pour une expression de pure provocation, les yeux plissés, tout ce qu'il y a de plus sexy.

— *Depuis que t'es arrivé ici, j'ai bien l'impression de me faire baiser, grogna Hutch sur un ton plus familier.*

Jude pinça ses lèvres comme s'il trouvait cela amusant.

— *Te baiser ? Non, pas encore.*

Hutch fit davantage pression avec le bras qui était coincé contre le torse de Jude. C'était un avertissement.

— *C'est exactement ce dont je parle, l'ami.*

— *Quoi ? Le flirt ? C'est dans ma nature, j'en ai bien peur, répliqua* Jude de sa voix traînante et désinvolte.

Mais ses pupilles, elles, étaient dilatées, et il s'humectait les lèvres.

— *Personne ne t'a jamais dit de ne pas appâter un ours ? Tu risquerais d'avoir des surprises.*

Cela n'empêcha pas Hutch de réduire encore un peu plus la distance entre eux, le muscle d'une de ses cuisses bandé tout contre celles de Jude. Il n'était pas exactement entre ses jambes, mais ce n'en était pas loin.

Jude pencha sa tête contre le mur. Il lorgna Hutch avec une excitation circonspecte. Il esquissa un petit sourire.

— *Je peux la fermer, si c'est ce que tu veux vraiment. Mais tu as raison, je te trouve canon. Vraiment canon.* Et je sais que je te plais aussi.

— *Tu en es plutôt sûr, hein ?*

— *Carrément.* Tu en montres tous les signes.

— *Comme quoi ?*

— *Ta façon de me mater. Tu le caches bien. Mais tu me mates. Mes yeux. Ma bouche. Mes fesses, une ou deux fois.*

Hutch plissa les yeux.

— *Je n'ai jamais maté tes fesses.*

Jude eut un sourire en coin.

— *Continue de te le répéter... l'ami.*

Hutch aurait pu en terminer là, faire passer le tout pour une mise en garde. Mais il n'en avait pas envie. Pas alors que Jude se trouvait déjà à portée de main. Merde, il était magnifique plaqué contre le mur ainsi, les bras grands ouverts. Son visage si vulnérable, qui n'était que pure invite. Hutch n'était qu'un homme, après tout.

Il était dur comme la pierre.

Il ne protesta pas lorsque Jude fit glisser une main pour la poser sur sa hanche. Il ne bougea pas quand, après un instant, Jude fit courir cette même main sur son flanc, se frayant un chemin en dessous de son tee-shirt. Les doigts de Jude étaient froids contre la peau brûlante de Hutch. C'était intime. Cela fit naître des picotements qui se dirigèrent tout droit dans son bas-ventre.

Jude observa son visage, cherchant un signe. Les narines de Hutch se dilatèrent, tentant de lui faire parvenir suffisamment d'air. Il ne semblait plus capable de reprendre son souffle. Jude dut remarquer ce qu'il avait eu envie de voir, puisqu'il passa sa main sur le ventre de Hutch, puis la fit glisser plus bas.

Hutch inspira et siffla lorsque Jude palpa son érection à travers son jean.

Jude écarquilla les yeux sous l'effet de la surprise et un sourire releva l'extrémité de ses lèvres.

— *Ça, c'est un putain de gros signe, l'ami.*

— *La ferme.*

Hutch avala la boule qu'il avait dans la gorge. Il se retint de fermer les paupières lorsque Jude caressa son gland avec la paume de sa main. De haut en bas. Ses entrailles se contractèrent sous la vague de désir, mais il ne céda pas.

— *Ça t'excite, hein ? Lorsque je te coince comme ça.*

Le sourire de Jude s'élargit.

— *Étrangement, oui.*

Il passa son pouce sur le membre de Hutch, le pressant comme si c'était un putain de test de densité.

— *Apparemment, ça met aussi en route toute ta mécanique.*

— *Je peux difficilement nier.*

— *J'imagine que non, en effet.*

La jambe de Hutch se glissa un peu plus entre celles de Jude. Comme il s'y était attendu, Jude était raide et brûlant.

— *Ne me regarde pas comme ça, dit* Jude pantelant alors qu'il se perdait un peu plus entre les cuisses de Hutch. Je n'ai jamais prétendu que je n'étais pas intéressé.

— *Tu parles trop.*

— *C'est vrai. Il y a plein de choses plus intéressantes à faire avec nos bouches.*

Jude leva la tête, cherchant un baiser, cependant, Hutch tourna la tête. Jude recula avec une pointe d'agacement.

— *Tu n'embrasses pas.* Je suppose que comme ça, tu peux toujours te dire que tu es hétéro.

Hutch aboya un rire.

— *Je n'ai jamais été hétéro de toute ma putain de vie.*

Les yeux de Jude s'écarquillèrent. Ouais. C'était la réaction qu'il recevait, le plus souvent.

— *Mais tu n'as pas mérité un baiser,* Devereaux.

— *Ah non ?*

— *Non.*

Hutch attrapa le poignet de Jude et le fit tourner sur lui-même, plaquant son torse contre le mur. Jude poussa un râle sous la surprise, puis un frisson d'anticipation le traversa. Bon Dieu. Il s'amusait bien trop. Et c'était la même chose pour Hutch. Il laissa tomber les derniers vestiges de sa résistance. Ils étaient tous les deux adultes, en compagnie de l'autre pour les jours à venir, et sans la moindre autre personne pour les distraire. Si Jude voulait jouer, putain, pourquoi Hutch devrait-il faire l'effarouché ? Il n'en avait pas la moindre raison.

Hutch bloqua le bras de Jude derrière son dos, pas suffisamment pour lui faire mal, mais sans le ménager non plus. Jude émit un bruit ressemblant à un gémissement. De sa main libre, Hutch passa sa main autour de lui et détacha le bouton du jean de Jude, puis abaissa sa braguette.

Le front de Jude rencontra le mur dans un grognement et une insulte.

— Bordel. C'est ça. Oui.

D'une seule main, Hutch parvint à baisser son pantalon sur ses cuisses. La main de Hutch se faufila sur ses fesses nues avec satisfaction, comme il le ferait sur une belle voiture ou sur son fusil à lunette préféré. Ce cul, c'était le pied : *étroit au niveau des hanches et rond et ferme juste là où ça comptait.*

Hutch ne put réprimer un fredonnement d'approbation. Il se pencha vers l'avant et mordit doucement l'épaule de Jude à travers son tee-shirt. Jude poussa un cri de désespoir et alla à sa rencontre d'un mouvement de reins, visant et trouvant l'érection de Hutch.

Putain. Hutch libéra le bras de Jude qui était à présent dans le chemin. Il coinça les deux paumes de Jude contre le mur en un ordre silencieux. Puis, il attrapa les hanches de Jude et fourra son membre raide, encore dans son jean, entre les fesses nues de Jude. Il explora le creux dans le cou de Jude et aspira sa peau entre ses dents. Il avait le goût d'un sauna humide, salé et doux.

Jude haletait. Il tordit son bras derrière lui pour agripper le bassin de Hutch, le rapprochant encore davantage.

Hutch s'écarta assez pour donner une tape sur les fesses de Jude.

— *Les mains sur le mur.*

Jude émit un petit rire étourdi et fit comme demandé, pliant ses coudes et plaçant ses mains contre le mur.

— *Tu me fais une fouille au corps ? C'est toi qui as l'arme de destruction massive, l'ami, pas moi.*

— *Ferme-la, fit* Hutch, même si c'était drôle.

Jude paraissait aimer que Hutch joue les durs à cuire, alors c'était exactement ce qu'il comptait faire. Hutch aimait ça, lui aussi, à vrai dire.

Il donna une nouvelle tape sur les fesses de Jude, se reculant pour l'observer cette fois-ci. Il fit en sorte que cela reste léger, mais bordel, sa façon de remuer était à se damner. Il releva le tee-shirt de Jude jusqu'à ses épaules pour en voir davantage. Le dos de Jude était pâle et barbouillé de taches de rousseur. Il n'y avait pas un seul centimètre de graisse sur son corps, seulement des traits masculins et toniques. Pas de doute, il était bien digne d'apparaître dans des magazines. Hutch glissa ses mains le long de son dos, comprimant ses fesses, et les écarta un peu à l'aide de ses pouces.

Jude haletait contre le mur. Un nouveau frisson traversa son corps.

— *Si tu veux que j'arrête, tu me le dis clairement. Pas besoin d'un mot de passe.*

— *On appelle ça un sa... a... afeword, rectifia Jude d'une voix tremblante, alors que Hutch passait une main sur son orifice.

— *Ça te connaît ça, hein ?*

— *Tais-toi, répliqua* Jude.

Il poussa un peu plus son bassin vers l'arrière.

— Tu as du lubrifiant ?

— *Qu'est-ce que tu crois ?*

Malgré ses paroles sévères, Hutch gardait difficilement le contrôle. Il avait *envie de lui*. Plus que tout. Il désirait Jude plus qu'il n'avait plus eu envie de qui que ce soit depuis un bail. Pas depuis…

Non. Il n'allait certainement pas se mettre à songer aux bagages qu'il se traînait au moment présent. Ses seules pensées étaient toutes tournées vers le plus beau mec qu'il avait jamais vu se tenant devant lui, pressé contre son mur, à le supplier. Tout ce à quoi il pouvait penser, c'était à se perdre en lui. Seulement, il n'y avait pas moyen qu'il aille jusqu'à la chambre pour aller récupérer du lubrifiant. Pas alors que le meuble dans lequel il rangeait ses condiments et son huile de cuisson était à portée de main.

Il continua de caresser la fente irrésistiblement douce en ouvrant l'armoire de son autre main. Une multitude de récipients firent leur apparition.

— *L'huile d'olive, haleta* Jude. Mais seulement si elle est bio.

Hutch ne put retenir un sombre ricanement.

— *Petit futé.* Je vais te faire crier.

— *Je n'attends que ça.*

Hutch attrapa l'huile d'olive. Il devait être en train de perdre la tête, car l'odeur qui s'en échappait combinée à l'odeur musquée de la peau de Jude était vraiment affriolante. C'était presque aussi délicieux que le fait de voir ses doigts rugueux disparaître dans l'antre de ses fesses blanches. Il avait planqué une capote dans sa poche un peu plus tôt, comme le parfait scout qu'il était, et il l'enfila avant de revenir vers ce qui l'intéressait vraiment.

Jude grimaça lorsque Hutch enfonça un second doigt, et reprit :

— *Me traite pas comme un gosse.*

— *La ferme.*

Hutch, le retenant de ses deux doigts, se rapprocha pour poser ses lèvres sur le cou de Jude et l'entourer d'un bras pour s'assurer que Jude était toujours avec lui. Son membre était long et toujours aussi dur sous ses doigts. Hutch le pressa et du liquide pré-séminal humidifia son pouce. Bien, Jude était prêt de ce côté.

— *Merde, fais-le !* s'étrangla Jude.

C'était plus une supplication qu'un ordre. La voix de Jude était bien trop cassée pour que cela sonne comme un commandement. Toujours est-il qu'il y avait une seule chose à faire contre les bavardages incessants. Si Jude voulait que ce soit brutal, Hutch n'avait aucun problème avec ça.

31

Mais il ne le laisserait certainement pas fixer la cadence depuis sa place de dominé.

Il couvrit la bouche de Jude de sa main et s'aligna à lui. Il le pénétra lentement, mais avec une résolution indéniable. Tout comme Hutch lui-même, son membre était épais et long. Ce n'était pas la chose la plus facile à fourrer entre ses fesses. Le désir lui faisait perdre la tête, mais il parvint tout de même à garder une petite partie de son cerveau consciente afin de ne pas manquer toute forme de douleur de la part de Jude. Ce n'était pas un acte destiné à faire souffrir l'autre. Hutch pouvait très bien jouer au tyran jusqu'à la fin des temps, mais il n'était pas du genre à vouloir faire du mal à son partenaire ou à faire naître l'angoisse chez ce dernier. Il avait suffisamment de sang sur les mains comme ça.

Jude respirait difficilement par le nez, ses expirations étaient presque brûlantes contre la main de Hutch, mais il demeura parfaitement détendu. Il prit sur lui et s'arc-bouta pour en quémander plus. Et lorsque Hutch se retrouva complètement à l'intérieur, étroitement enserré, il fit glisser sa main plus bas pour s'assurer que Jude allait bien. Il était encore bien raide. Bordel. Ce gars était né pour être dans cette position.

Jude gémit lorsqu'il sentit la main de Hutch sur sa hampe, se pressa contre lui et ondula des hanches. Hutch lui accorda ce qu'il voulait. Il baisa Jude tout contre ce mur.

À un moment donné, il dégagea sa main de sa bouche et la posa sur son épaule pour lui fournir un appui face à ses coups de reins incessants. Sa bouche à présent libérée de son emprise, Jude lâcha une bordée d'injures, de gémissements et de sons indistincts. C'était comme une piste musicale, et Seigneur, c'était la chose la plus sexy qu'il ait jamais entendue. Hutch toucha tout ce qui était à sa portée. La peau de Jude était exquise et Hutch lui caressa les flancs, le ventre et le torse au travers de ses martèlements. Il tordit les tétons de Jude. Il lui étreignit brièvement la gorge. Et à chaque fois, il faufilait sa main plus bas pour attester qu'il était toujours aussi excité, pour faire quelques va-et-vient, pour qu'il soit toujours aussi réveillé. Jude était entièrement avec lui. Et chaque fois que Hutch délaissait son membre pour s'attaquer à d'autres parties de son corps, Jude laissait échapper une violente série d'insultes qui ne manquait jamais de faire sourire Hutch comme un vrai démon.

Il sentit que la fin pour Jude n'était plus très loin, même s'il ne le touchait plus. Il le voyait à la manière qu'avait son bassin de s'incliner pour que sa prostate reste la cible de son assaut, à la façon dont ses cuisses tremblaient, aux ininterrompus « Ne t'arrête pas ». Mais Hutch savait qu'un orgasme de ce genre n'était jamais aussi bon sans le déploiement des mains de l'autre. Donc il enveloppa le membre de Jude dans les siennes et le laissa manœuvrer de lui-même. Jude émit un râle, puis un gémissement. Il cria en jouissant le nom confus d'une divinité. Sentir ses secousses lorsqu'il se resserra autour de lui fut tellement érotique que Hutch perdit le contrôle à son tour, faisant pénétrer son membre profondément entre les muscles contractés de Jude et lui mordant l'épaule pour couvrir son propre cri.

HUTCH reprit ses esprits, étendu sur le sol de la cuisine. Jude était couché près de lui. Ils étaient tous les deux à moitié nus dans leur reste de fringues toutes froissées aux endroits les plus étranges. Ils avaient la peau moite, étaient couverts de leurs fluides et respiraient aussi bien qu'un poisson hors de l'eau. Hutch sourit comme un dingue en direction du plafond.

— *Du coup,* haleta Jude, ça fait à peu près une heure en moins sur les deux jours et demi qu'il nous reste avant la fin de cette tempête.

— *Je savais que tu serais difficile à vivre*, se plaignit Hutch sans se départir de son sourire.

Jude convoqua toute l'énergie qu'il lui restait pour se retourner, prenant appui sur son coude et de là, il se redressa. Il tangua jusqu'au frigo, trébucha presque à cause de son pantalon qui se trouvait toujours à ses genoux, et le releva. Hutch le regarda faire perplexe. Jude attrapa un verre dans le placard et se versa de l'eau fraîche du frigo. Il en avala le contenu d'une seule gorgée, le remplit à nouveau et l'apporta à Hutch.

Hutch se redressa et but à son tour. Il le déposa sur le sol à côté de lui et Jude le chevaucha. Sans préavis, il s'installa sur les genoux de Hutch, ses jambes le coinçant de chaque côté.

— *Je vais te voler ce baiser, maintenant, dit Jude avec assurance.*

Hutch posa ses deux mains sur sa taille et passa ses pouces sur ses hanches.

— *Je suppose que tu l'as mérité, répondit-il avec une réticence fabriquée de toutes pièces.*

— *Un peu, que je l'ai mérité !*

Jude l'embrassa. Et non seulement, il était doué dans le rôle du dominé, mais il n'était pas mauvais non plus dans celui du dominant. Il embrassa Hutch, confiant, passant ses bras autour de ses épaules comme s'il voulait le maintenir en place. Hutch fut sur le point de protester. Jude commença par une pression lente et douce, lèvres contre lèvres. Le titillant. Puis, il l'autorisa enfin à goûter la langue que Hutch mourait d'envie de sentir contre la sienne. Ils s'embrassèrent de manière profonde et obscène, et c'était bon. Vraiment bon.

De ce qu'en savait Hutch, embrasser quelqu'un ressemblait à sortir en patrouille avec ses camarades. Parfois, c'était facile – lorsque deux partenaires avaient les mêmes idées et la même façon de faire, c'était presque comme être deux faces d'un même homme. C'était chose rare. Et c'était rare lors d'une embrassade également. Certains gars y mettaient trop la langue et d'autres, pas assez, ou encore d'autres salivaient trop ou se montraient envahissants. Mais Jude et lui étaient sur la même longueur d'onde. Et la manière qu'avait Jude de l'embrasser sans se presser, taquin et par acte de succion, faisait monter la température jusque dans ses orteils.

Ils étaient à nouveau tous les deux excités. Hutch envisageait sérieusement de se débarrasser du pantalon de Jude et de le laisser le chevaucher, assis sur ses genoux comme il l'était. Cependant, Jude s'écarta.

— *J'allais nous préparer le dîner.*

— *Tu le sens encore, pas vrai ?*

Hutch haussa un sourcil.

Jude lui lança un regard lui signifiant clairement de la fermer.

— *Peut-être que ce sera ton tour la prochaine fois.*

— *Peut-être que c'est mon tour maintenant.*

Il repoussa Jude, usant de sa force pour le faire prudemment glisser sur le sol. Hutch se décala et baissa le pantalon de Jude.

— *Je crois bien qu'on devrait interdire les fringues le temps de ton séjour ici.*

— Hmmm. Comme ça t'es sûr de te les geler, mais ça vaut peut-être bien le coup, qui sait ?

Le souffle de Jude eut un manqué et il se tut lorsque Hutch s'empara de son membre avec sa main. Il était curieusement bien tendu étant donné la violente manière dont il venait de jouir. Il grossit encore davantage dans la bouche de Hutch.

Il y avait de pires manières de passer un après-midi de tempête en Alaska que de pratiquer un soixante-neuf sur le sol d'une cuisine. Et Hutch pourrait bien mourir avant de trouver mentalement quelque chose qui surpasse cela.

Chapitre Quatre

— **ALORS,** qu'est-ce que tu fais dans la vie ? demanda Jude.

C'était mercredi et ils étaient blottis sous les couvertures du lit de Hutch. Une lueur grisâtre passait toujours à travers les fenêtres, leur indiquant qu'il faisait toujours jour là-dehors, quelque part derrière cette avalanche de flocons.

— *Sérieusement ? répondit Hutch.*

— *On a baisé trois fois, on a mangé et on a joué aux cartes. Qu'est-ce que tu veux qu'on fasse d'autre que discuter ?*

— *On peut se taire, aussi, suggéra* Hutch.

Jude renifla de dérision.

— *Es-tu sûr de bien me connaître ?*

— *Nous n'avons pas vraiment été officiellement présentés, mais je crois bien qu'il est un peu trop tard pour ça, maintenant.*

Jude roula sur lui-même, atterrissant à moitié sur Hutch, et ce dernier feignit un grognement de douleur.

— *Crétin*. Ça va, je commence. Je gagne ma vie en jouant des rôles et en posant comme mannequin. Et toi ? Comment est-ce qu'on paie le logement par ici ? Pêche blanche ? En élevant des bébés phoques ? En expédiant des blocs de glace jusqu'en Afrique du Sud peut-être ? Et tu as toujours vécu en Alaska ?

— *Minute*.

Hutch n'allait pas laisser passer sa chance de poser les quelques questions qui traînaient dans son esprit depuis qu'il avait cherché le nom de Jude sur Google.

— *Tu es acteur et mannequin ?*

— *Ouais*.

Jude lui lança un regard calme, mais Hutch pouvait sentir qu'il était crispé, comme s'il s'attendait à des critiques.

— *Enfin, je fais plus de mannequinat qu'autre chose pour l'instant, mais j'essaie de changer ça.*

— *Comment est-ce que tu es entré là-dedans ? Le mannequinat, je veux dire.*

Jude haussa les épaules.

— *J'avais besoin d'argent lorsque j'étais à la fac et j'ai vu une proposition de job pour poser dans une pub.* Ça payait bien mieux que tout le reste, donc j'y suis allé. Après ça, on a commencé à me confier de plus en plus de boulots. On a engagé un agent pour moi. Ça a décollé juste comme ça.

— Hmmm.

Hutch observa le visage de Jude. Il pouvait voir pourquoi. Jude était canon, mais unique, pas le genre de visage ressemblant aux autres jolis bruns.

— *Je suppose que je peux comprendre. Qu'est-ce que tu aurais fait si tu n'étais pas devenu mannequin ? Tu étudiais quoi à la fac ?*

— *Le droit.*

Son ton était insipide.

— *C'est sûr que le mannequinat, c'est beaucoup plus facile à côté.* Et ça paie certainement plus aussi.

Les yeux de Jude se plissèrent.

— *Ouais, ça paie bien mieux qu'être étudiant en droit ou avocat commis d'office, en plus, j'ai l'occasion de voyager. De voir le monde. Mais ce n'est pas aussi facile que tu le prétends.*

Hutch ne répondit pas. Il était même carrément certain que c'était facile. Du moins, en comparaison d'une marche de trente kilomètres dans un désert en combinaison derrière les lignes ennemies ou descendant dans les profondeurs pour porter secours à l'un des leurs. Bêtement, il se sentait déçu vis-à-vis de Jude, comme s'il s'était attendu à davantage de sa part. C'était un mec intelligent. Mais là encore, qui était Hutch pour juger de ce qui rendait une vie digne d'être vécue ? Il avait eu son lot de grandes idées à ce propos, dans le temps. L'homme libre, courageux et toutes ces conneries. Mais en fin de compte, lui aussi avait été utilisé comme un instrument pour effectuer les pires missions. Il valait toujours mieux être un top-modèle déambulant sur un podium ou un visage dans un magazine que l'assassin de tant de vies innocentes. C'est sûr, Hutch n'avait pas le droit de critiquer les choix de Jude.

Jude braquait son regard sur lui.

— *Je pensais que c'était toi qui ne voulais pas parler, M.* Bavard McTerrogateur.

— *C'est toi qui as commencé, je te ferais dire.*

— *Dans ce cas, toi aussi, réponds à mes questions. Qu'est-ce que tu fiches ici ?*

Hutch évalua Jude, ressentant une pointe de paranoïa le traverser. Puis, il finit par supposer que Jude faisait son Jude, tout compte fait.

— *Je bosse pour la patrouille d'urgence de ski durant la période hivernale. Ce qui comprend une bonne partie de l'année, par ici.*

— *Vraiment ?*

— *Vraiment.*

— *Du coup, tu ne devrais pas travailler dans des jours comme aujourd'hui ? Pour sauver des gens, ou je ne sais pas trop quoi ?*

Jude fit un signe de tête en direction de la fenêtre.

— *Non, répondit* Hutch d'une voix rationnelle. Personne ne serait assez stupide pour s'aventurer là-dehors avec le temps qu'il fait. Et puis, de toute façon, les pistes sont fermées.

Jude esquissa un sourire en coin.

— *Bande de mauviettes. Ce n'était même pas aussi horrible que ça.*

— *Ha ha.*

— *Du coup, tu es un super skieur, j'imagine ?*

— *C'est comme une seconde nature pour moi. J'ai grandi à Ver...*

Hutch se tut. Bordel, il fallait qu'il fasse attention à ce qu'il disait.

— *J'ai grandi en pratiquant régulièrement.*

— *Tu n'es pas d'ici*, en fait ?

Le regard de Jude exprimait sa curiosité. Il passa son pouce sur la joue de Hutch.

— *Non.*

Hutch attrapa la main de Jude et la posa sur son torse. Il ne pouvait pas accepter autant de tendresse de la part d'un parfait inconnu. Cela lui retournait complètement l'esprit.

— *J'ai comme une impression d'un passé militaire. Je me trompe ?*

— *Non.*

— *Quelle unité ? Tu y es resté combien de temps ?*

Hutch soutint le regard de Jude, le défiant.

— *Plus qu'assez.* Et j'ai démarré dans la Marine. Je n'ai pas envie d'en parler.

Les traits de Jude s'adoucirent.

— *OK.*

Hutch grogna.

— *Je parie que tu étais un héros.*

La voix de Jude avait une intonation sincère, ainsi qu'autre chose. De l'admiration ?

Hutch ne méritait aucune d'admiration.

— *Moi ? Non. J'étais nul, comme soldat. Je tire comme un manche.*

Jude explosa de rire.

— *Tu déconnes.*

— Non. Un jour, j'ai perdu toute mon équipe dans un caniveau pendant une semaine. Ils ont fini par me foutre dehors, j'étais complètement inutile.

Jude leva les yeux au ciel.

— *Heureusement que tu es si doué au lit, dans ce cas.*

Il bâilla. Étant le mioche avec bien trop de classe qu'il était vraiment, il couvrit sa bouche de sa main.

— *Bon sang. Cette grisaille m'épuise. Comment fais-tu pour le supporter ?*

— *Je dors.*

Cela fit rire Jude. Il laissa Hutch le faire rouler à côté de lui et remonta les couvertures.

— *Va dormir, Jude.*

— *Dans une minute.*

Jude tomba de sommeil en un rien de temps. Mais Hutch, comme l'imbécile qu'il était, resta allongé à le regarder jusqu'à ce que toute lumière ait quitté la pièce.

DANS la matinée du jeudi, ils jouèrent une nouvelle partie de poker. Cette fois-ci, ils se servirent des jetons *et* de leurs vêtements. Avant même la fin du jeu, Hutch se retrouva à baiser Jude sur la table, tenant ses jambes en l'air comme il l'aurait fait avec des bâtons de ski. Hutch considérait cela avantageux pour toutes les parties concernées et valant bien assez la perte du plus gros de la cagnotte.

Après manger, ils décidèrent de regarder un film. Vu qu'Internet était toujours inutilisable, il ne leur resta plus qu'à piocher dans la pathétique collection de DVD de Hutch. Il en avait accumulé à peu près une vingtaine suite aux longues nuits glaciales de l'Alaska.

Le premier DVD que Jude sortit de l'étagère fut *American Sniper*.

— *Qu'est-ce que tu dis de celui-ci ? Je ne l'ai pas encore vu.*

Hutch n'avait vraiment pas la tête à ça. En fait, il l'avait acheté sur un coup de tête et n'avait pas réussi à se forcer à le regarder.

— *Tout, mais pas ça*, dit-il fermement. OK ?

Jude parut surpris.

— *Sérieusement ? Je pensais que tu aimerais ce genre de films.*

— *Ça me touche d'un peu trop près*, je suppose. Je ne suis pas d'humeur.

Hutch avait le pressentiment que ce film n'allait faire que l'énerver ou le déprimer, ou bien les deux à la fois. Et ce n'était pas de cette manière qu'il voulait passer le reste de sa journée avec Jude.

Jude rangea le DVD et revint vers le canapé, l'air pensif.

Bon Dieu, faites qu'on n'en discute pas, songea Hutch.

— *J'ai le sentiment qu'il y a une histoire derrière.*

Jude s'affala dans le canapé à côté de Hutch, l'air parfaitement détendu.

— *Quelque chose qui t'a mis hors de toi t'est arrivé lorsque tu étais dans l'armée, je me trompe ?* C'est un de ces « ne demandez pas, n'en parlez pas » ?

— *Nan, ça n'a rien à voir avec le fait que je sois gay.*

— *Mais ça a dû être difficile, non ? Est-ce que tu t'assumais déjà pendant l'armée ?*

Il était clair que Jude n'allait pas si facilement se décourager. Hutch décida que cela ne le tuerait pas de fournir quelques détails, en omettant bien sûr tout ce qui était trop identifiable. Il n'avait pas envie de traiter Jude comme si entre eux ce n'était que du sexe. Et dans le temps, il se targuait d'avoir un bon sens de la communication, lorsqu'il était fier de tous ses accomplissements et qu'il n'était pas un désagréable enfoiré complètement isolé.

— *C'est bon.* Disons que… je ne m'assumais pas entièrement. Quand est-ce que je m'en suis rendu compte, honnêtement ? J'avais quinze ans, et j'étais furieux. Parce que j'avais toujours voulu entrer dans l'armée, et j'étais à fond sur G.I. Joe et les films de super-héros lorsque j'étais gosse. Et je pensais qu'être homo allait tout foutre en l'air. Mais, lorsque j'ai eu dix-huit ans, j'ai jugé que ce n'était certainement pas ça qui allait m'empêcher de faire ce que je voulais. Donc je me suis engagé et j'ai gardé ma vie sexuelle très loin de la base, tu vois ?

— *Ça n'a pas dû être facile.*

Hutch haussa les épaules.

— *Disons que je n'encourageais pas non plus de relations à longue durée.* Quoi qu'il en soit, durant mes dernières années de service, l'armée est devenue bien plus souple à ce sujet. À ce stade, toute mon équipe était déjà au courant. Ils s'en fichaient complètement. Mon commandant aussi savait. Je crois qu'il s'en moquait tant que ça ne causait pas de soucis. En ce qui me concernait, personne d'autre n'avait besoin de connaître quoi que ce soit de plus à propos de ma vie privée.

Jude sembla pensif. Il caressa la mâchoire de Hutch. Il semblait apprécier de passer ses doigts sur la barbe de trois jours.

— *Alors, si ce n'est pas ça qui t'a fait partir, c'est quoi exactement ?*

Hutch ferma les yeux et les frotta, se demandant ce qu'il pouvait bien lui répondre, s'il pouvait même lui répondre. Ou ce qu'il devrait répondre. Ou alors, ce qu'il avait envie de répondre. Il opta finalement pour :

— *Pour faire court, un sale type, un beau salaud,* a été placé à la tête de mon unité. Et je n'arrivais tout simplement plus à obéir aux ordres si c'étaient les siens. Alors j'ai mis les voiles.

Il ouvrit les yeux, s'attendant à une autre montagne de questions dont il devrait lui refuser les franches réponses. Cependant, le regard de Jude était juste doux et compatissant.

— *Ça a dû être une terrible décision à prendre. Tu as dit que c'était ce que tu avais toujours voulu faire. Et en t'entendant, on a l'impression que l'armée, c'était toute ta vie à l'époque.*

— *Ça l'était*, confirma Hutch. Au-dessus de tout le reste. Qu'en est-il de toi ? Tu n'as jamais eu à faire quelque chose que tu as regretté par la suite ?

Jude entrouvrit les lèvres pour parler, avant de s'arrêter. Sa bouche se tordit comme s'il n'était pas sûr de vouloir partager ce qu'il avait sur le bout de la langue.

— *Allez.*

Hutch lui donna un léger coup de coude.

— C'est toi qui as voulu faire la conversation.

Jude se racla la gorge.

— *Ma fille. Je regrette de ne pas pouvoir être là en permanence pour elle.*

— *Tu as une gosse ?*

— *Ouais.*

Jude marqua un temps d'hésitation.

— *Elle a quatre ans.*

— *Tu es marié ?*

Hutch sentit ses entrailles se nouer à cette possibilité. Il se souvenait d'avoir déniché la photo d'une petite fille dans le portefeuille de Jude. Ce devait être elle. Hutch n'avait pas envie d'être le gars qui couchait avec un homme marié. Il serait franchement déçu de lui si c'était effectivement le cas.

— *Non. Je n'ai jamais été marié.*

Le malaise s'imprima une nouvelle fois sur ses traits.

— *Sa mère est une femme avec qui j'ai travaillé. Une styliste. Un soir, alors qu'on était tous les deux complètement ivres, elle m'a fait des avances et tu sais, ce n'est pas comme si je n'avais pas été consentant.*

— *Est-ce qu'elle cherchait à être en cloque ?*

— Oh, mais non, pas du tout.

Jude poussa un rire plein de sarcasme.

— *Elle pensait qu'elle ne pouvait pas en porter. Elle pensait qu'une infection pelvienne lorsqu'elle était plus jeune l'avait rendue stérile.*

Il mit ses mains derrière sa tête et s'affala de nouveau dans le canapé.

— *Lorsqu'elle a compris qu'elle était enceinte, elle ne voulait pas de l'enfant. Sa carrière commençait à devenir prometteuse. Elle allait se faire avorter*, mais heureusement, elle a eu la décence de m'en parler avant. Je l'ai convaincue d'aller au bout de la grossesse et de me laisser sa charge. Elle voit toujours Lindy, mais je l'élève seul la plupart du temps.

— *Eh ben,* fit Hutch. C'était un coup dur. Donc tu joues au père célibataire depuis la naissance de ta môme.

— *Ouais.*

— *Où est-ce qu'elle se trouve là ? Ta fille ?*

— *J'ai une nourrice pour s'occuper d'elle lors de mes déplacements pour le boulot ou…* quand j'ai autre chose à faire. Elle est géniale, c'est un peu comme sa grand-mère.

Il y avait quelque chose qui n'allait pas dans le ton emprunté par Jude, une note de culpabilité, d'hésitation, un non-dit. Peut-être qu'il se sentait mal à l'idée d'être parti pour des vacances en amoureux et de l'avoir laissée à la maison. Ou peut-être qu'il se disait que Hutch ne serait pas du genre à être intéressé par un mec avec une môme à sa charge.

Hutch y avait réfléchi. C'était juste du sexe, de toute manière, non ? Un fortuit incident de trois jours tout au plus et ça s'arrêterait là. Il ne connaissait même pas Jude. Jude ne le connaissait pas non plus, aucun doute. Ils ne se verraient plus après le vendredi. Oh, il y aurait peut-être un ou deux e-mails échangés. De vagues mentions à une future rencontre, un jour ou l'autre.

Son cœur s'alourdit et se serra à cette seule idée. Il n'aimait pas l'idée de personnifier deux amants sans lendemain. Il voulait se rebeller contre cette idée, s'insurger, même. Il n'était pas du genre à abandonner quelque chose aussi facilement. Mais se rebeller contre quoi, exactement ? Jude était quelqu'un de super, c'est sûr, mais il avait une vie lui aussi, très loin d'ici et de l'Alaska, et sous les rayons éclatants du soleil. Hutch, quant à lui… Lui, même s'il le voulait, même si *Jude* voulait bien de lui – ce qui n'était pas le cas – Hutch ne pouvait pas vivre en plein soleil. S'il était en Alaska, c'était pour une très bonne raison.

Ne fais pas la petite pleurnicheuse, Hutch. Accepte les quelques jours qui t'ont été offerts sur un putain de plateau en argent et remercie ta bonne étoile.

— *Alors, on se le regarde, ce film ? l'*incita Hutch en balançant ses genoux d'un côté à l'autre.

Il attrapa la main de Jude et mordilla doucement l'un de ses doigts.

Jude eut un petit sourire et ses yeux s'assombrirent.

— *Oui, monsieur. On y vient.*

Toutefois, il ne fit pas le moindre geste pour se relever et se pencha contre Hutch à la place. L'air ambiant se chargea d'électricité.

Hutch serra son genou.

— *Hé là, sex friend.* C'est fini pour le moment. On reprend ça plus tard.

Jude rit et bouda à égale mesure.

— *Tyran.*

— *Ouais, c'est bien moi, M. Refus.* Je vais chercher un plaid. Toi, mets en marche le film.

Ils se blottirent devant *Mad Max: Fury Road*. Hutch l'avait déjà vu, mais cela lui importait peu. Tom Hardy n'était pas trop méchant à regarder et les bagnoles déchiraient. Mais à mesure que le film avançait, il se surprit à prêter de moins en moins attention à l'écran.

Un feu crépitait dans le poêle à bois. La neige tombait à l'extérieur. Et Hutch était pelotonné sur le canapé dans son caleçon long, sous la couverture, aux côtés d'un type exceptionnel. Jude était canon, malin, drôle et canon.

C'était une bonne journée. Une très bonne journée. Hutch avait déjà connu pires journées que celle-ci. La discussion qu'il avait eue avec Jude les lui avait rappelés. Puis, il avait aussi eu des jours *difficiles* – d'une brutalité infernale. Il avait connu des jours d'ennui profond, surtout depuis qu'il avait déménagé en Alaska. Et il avait connu des jours où il s'était demandé quel était le sens même de la vie. Mais aujourd'hui, ce n'était qu'une très bonne journée pour lui.

Vers quinze heures, ils enchaînèrent avec un second film – *Captain America : Le soldat de l'hiver* – et Hutch attrapa plusieurs bières au passage. En plein milieu du film, ils commencèrent à s'embrasser. Et lorsque Jude se plaça à califourchon sur les genoux de Hutch, ils oublièrent complètement le film en cours.

Ils se bécotèrent pendant un long moment, se frottant l'un à l'autre à travers leurs caleçons longs et une pellicule de transpiration, attisant le désir de l'autre sans presser le dénouement à la ligne d'arrivée. Au bout d'un moment, le film fut mis en pause. Quelques instants plus tard, leurs tee-shirts s'envolèrent.

Hutch avait déjà couché de nombreuses façons et dans une multitude d'endroits très différents, en comptant également les étourdissantes séances avec Jude. Peut-être que c'était le désir brûlant qui coulait dans ses veines ou tout simplement un véritable sentiment de lassitude, mais aucune de ses précédentes expériences n'avait été aussi grisante que ce qu'il vivait en ce moment – intense, simple et connectée, comme s'ils ne formaient plus qu'un. Jude était assis sur ses genoux, leurs torses nus se frottaient l'un contre l'autre, ils s'embrassaient avec passion et inlassablement, et Hutch explorait de ses mains la peau du dos réchauffé par le poêle et leur fit passer la barrière de son survêt pour lui malaxer les fesses.

À terme, la friction ne fut plus suffisante et Jude insinua une main entre leurs deux corps. Il parvint à empoigner leurs membres et à les aligner parfaitement. Jude entama des va-et-vient en les maintenant ensemble, d'abord lentement, faisant rouler son pouce sur leurs extrémités pour couvrir de liquide séminal leurs verges le long de la veine sensible. Hutch poussa un râle et un frisson involontaire le traversa. Jude poussa un grognement de satisfaction en réponse, sa langue toujours dans la bouche de Hutch.

Jude les saisit tous deux plus fermement, les flattant rapidement et avec force. C'était si bon. Hutch se faufila sous le sweat de Jude et agrippa son derrière de ses deux mains. De son pouce, lentement, il massa l'intimité de Jude, sachant très bien que l'endroit en question serait plutôt sensible après leurs récentes activités. Jude lâcha un gémissement étranglé et accentua la cadence. Ils haletaient, incapables de continuer à s'embrasser. Et lorsque Jude jouit, Hutch ne fut pas loin derrière lui. La sensation de leurs deux sexes pulsant l'un contre l'autre dans l'orgasme était une première pour Hutch, curieusement surprenante et incroyablement érotique.

Jude resta affalé contre lui pendant un long moment. La lumière de la pièce se tarissait et Hutch continuait de caresser le dos du mannequin. C'était trop intime, bien trop, presque effroyablement. Mais Hutch n'avait jamais été froussard. Il ne cessa donc pas ses gestes.

Une petite voix dans sa tête se mit à lui murmurer qu'il y avait peut-être chez Jude quelque chose de spécial, une chance qu'ils se revoient dans un autre contexte que celui d'une tempête de neige. Après tout, Jude était sorti avec un gars aussi désagréable qu'Omar. *L'Alaska*, se rappela Hutch. La petite voix se tut.

Jude finit par remuer et se redressa en position assise. Son regard glissa là où le sperme était presque complètement sec et laissait désormais une tache.

— *Humm*. C'est alléchant.

— *C'était super excitant il y a une heure, mais je pense qu'il y a une moralité sur le caractère éphémère des choses quelque part là-dessous.*

Jude éclata de rire.

— Je crois bien qu'il va falloir que je me bouge pour aller chercher une serviette.

Il s'étira.

— Hé, dis, je commence à avoir faim. J'ai vu que tu avais de quoi faire des pancakes. Ça t'embête que j'en prépare quelques-uns pour nous ?

— Fais ce que tu veux.

Hutch s'obligea à sourire.

Jude lui fit un clin d'œil.

— Je fais ça.

Hutch lorgna le fessier nu de Jude lorsque ce dernier quitta le canapé et renfila son survêtement. *Prends tout ce qu'il y a de bon à prendre lorsque ça t'est offert, enfoiré. Laisse tout le reste en-dehors de ça.*

Chapitre Cinq

La neige cessa de tomber dans l'après-midi du vendredi. Le porte-à-faux au-dessus du porche à l'entrée permettait d'éviter que la porte soit bloquée par les chutes, cependant, à cause des rafales de vent, soixante centimètres de poudreuse environ s'entassait contre le battant. Hutch parvint à pousser suffisamment la porte pour qu'ils puissent se faufiler par l'ouverture avec des pelles. Jude et lui se mirent à l'œuvre pour dégager la porte. Au niveau du seuil et des escaliers, ils n'eurent pas trop de soucis, mais l'allée et l'espace les séparant de l'abri avaient accumulé un bon mètre vingt de neige à certains endroits.

La respiration sifflante après l'effort, ils se redressèrent au beau milieu d'un épais tapis blanc, à regarder l'amas immaculé. Le ciel s'était éclairci vers une légère teinte de plomb et plus une seule chute n'était prévue pour les prochains jours. Hutch, qui faisait davantage confiance à son instinct qu'au bulletin météo, devina qu'il retrouverait le bleu du ciel dans la matinée.

— Ça va leur prendre pas mal de temps pour dégager les routes. Mais si tu veux partir tout de suite, je peux t'emmener en ville avec la motoneige, dit Hutch, sentant qu'il se devait de lui faire cette offre.

Jude ne s'en cacha pas lorsqu'il détourna les yeux.

— Ça ne me dérange pas d'attendre l'aube. Tu penses que les chasse-neige auront terminé de déblayer les routes d'ici là ?

— *Certain*. Et mon allée le sera aussi. Je connais un gars qui le fait pour moi.

Hutch payait rondement le gars en question. Et vu que Hutch était l'un des premiers à intervenir pour son travail dans la patrouille, il était tout en haut sur leur liste de priorités.

— *On n'a qu'à attendre* jusque-là, dans ce cas. Je n'aurais certainement pas eu de vol aujourd'hui, de toute façon. Mais si le réseau est revenu, je peux leur passer un appel pour en réserver un pour demain.

Hutch tombait des nues. Il avait bien compris que Jude était anxieux à l'idée de revenir à la civilisation, voire à sa vraie vie. Bon sang, il fallait dire qu'il avait quand même une gosse auprès de laquelle rentrer. Mais au final, Hutch n'allait pas protester non plus, si Jude décidait de rester.

Un pincement, qui n'avait rien à voir avec la faim, lui tiraillait les entrailles. Sa vie serait si silencieuse et vide lorsque Jude serait parti. Et il n'allait plus jamais le revoir. C'était vraiment lamentable.

Il s'appuya contre sa pelle et sa mâchoire se crispa.

— *Hé*.

Jude lui donna un coup de coude dans les côtes, leurs épais manteaux leur donnant une impression d'effleurement plutôt que de réel contact.

— *Si quelqu'un vient pour déneiger, pourquoi est-ce qu'on se les pèle dehors ? Putain d*'Alaska. En plus, tu sais quoi ? J'ai entendu dire qu'il y avait même des couguars par ici. Allez. Viens, on rentre se réchauffer.

Il y avait une dizaine de choses que Hutch devrait être en train de faire à présent que la tempête s'était calmée : vérifier l'état de ses capteurs, déblayer tout ce qui se trouvait entre l'arrière-cour et l'orée de la forêt, tester le câblage. Mais il n'arrivait pas à se motiver à les faire. Un poids semblait l'écraser, comme s'il avait avalé une ancre.

Il ne protesta pas lorsque Jude le poussa à l'intérieur du chalet, le suivant de près. Hutch prépara du café et ils avalèrent tous les deux la moitié de leur tasse, se toisant d'un bout à l'autre de la cuisine jusqu'à ce que Hutch n'en puisse finalement plus. Le reste du café refroidit.

Hutch fit l'amour à Jude dans son lit, avec ses longues jambes enroulées autour de ses hanches et Hutch le tenant si étroitement serré dans son étreinte qu'il pouvait seulement faire de faibles va-et-vient. Ses deux mains étaient perdues entre ses mèches. Ils ne s'embrassèrent pas cette fois-ci, mais gardèrent le contact visuel tout du long.

Hutch perçut tout ce qu'il ressentait se refléter dans les yeux de Jude – envie, désespoir, regret, manque. Son regard lui communiquait tout ce qu'ils n'oseraient jamais exprimer à voix haute. *J'aimerais ne jamais avoir à te quitter/à te voir partir. Je crois bien que c'est la meilleure chose qui me soit jamais arrivée. Et je ne sais pas comment faire en sorte de la préserver.*

Mais il ne servait à rien d'en discuter, car seuls des banalités ou d'éhontés mensonges pourraient passer la barrière de leurs lèvres. C'est pourquoi, après être tous les deux passés de l'autre côté, ils restèrent allongés à étreindre l'autre. Le cœur de Hutch était lourd et serré, comme transformé en pierre dans sa cage thoracique. En fin de compte, le sommeil finit enfin par le happer.

Les paupières de Hutch s'ouvrirent. Il se tendit dans l'obscurité de la chambre.

Il y avait eu un bruit. L'avait-il rêvé ?

Non. Il était bien réveillé, l'adrénaline courant dans ses veines. Son instinct lui criait que quelque chose n'allait pas. Il jeta un coup d'œil au réveil sur la table de chevet : 04h02. Les lumières des capteurs à l'extérieur ne s'étaient pas activées. Mais quelque chose…

Il entendit un léger, presque silencieux, bruissement venant de l'extérieur. Le son que faisait un homme bravant la neige.

Il se redressa et fit voler les couvertures. Il s'affairait à enfiler son pantalon lorsque Jude se releva à son tour.

— *Qu'est-ce qu'il y a ? demanda-t-il, les yeux bouffis et la voix trop retentissante.*

— *Chut. Reste là, lui ordonna* Hutch à voix basse.

Il se glissa hors de la chambre, chemina jusqu'à la vitre qui donnait sur l'avant-cour et se plaça dos au mur, soulevant à peine l'extrémité des lourds rideaux pour avoir un visuel. Le ciel avait gagné en luminosité et le porche était baigné dans le clair de lune. L'allée avait été dégagée la veille après le dîner, mais les rayons de l'astre faisaient luire d'une teinte bleutée la neige entassée en dunes blanches. Des ombres s'allongeaient depuis l'abri et des silhouettes sombres que Hutch n'arrivait pas à reconnaître se tapissaient à l'orée du bois.

Il lâcha le pan du rideau et s'éclipsa dans la cuisine, où il jeta un œil dehors par la fenêtre au-dessus de l'évier.

Un homme en noir se frayait un chemin tout au bout du jardin. Il portait une cagoule noire et était armé d'une carabine.

Le sang de Hutch se glaça dans ses veines et un sentiment de très grand calme l'envahit. Il avait tout verrouillé avant d'aller au lit, donc il savait qu'il n'avait pas besoin de vérifier la fermeture des portes. Il reprit rapidement le chemin de la chambre.

— *Qu'est-ce qui se... ? commença Jude*, mais Hutch le réduisit au silence d'une main sur la bouche et d'un regard noir en guise d'avertissement.

Il sortit Jude du lit, ouvrit la porte du placard et le força à y entrer. D'une boîte sur la plus haute étagère, Hutch sortit un semi-automatique .45 et des munitions. Il chargea l'arme, vérifia la sécurité et la fourra à l'arrière de sa ceinture.

Jude se tenait juste là, dans son placard dans le caleçon long de Hutch. Il le dévisageait comme s'il était devenu fou, mais au moins, il se taisait, maintenant.

Hutch agrippa Jude par les épaules, son autorité émanant par vagues.

— *C'est qui le gars avec qui t'es venu ?*

— *Omar ? C'est juste un...*

— *C'est qui ?*

Hutch secoua rudement les épaules de Jude, appliquant une pression suffisante de ses doigts pour laisser des traces.

Les yeux de Jude étaient écarquillés et son visage décomposé. Il déglutit.

— Je... Je n'en suis pas sûr. Il est dans la drogue, je pense. Quelque chose qui rapporte beaucoup. Tout ça m'effrayait. J'essayais de lui échapper.

— *Putain de merde,* vociféra Hutch.

— *Je suis vraiment désolé, Hutch.* Je suis sincère quand je te dis que je ne croyais pas qu'il...

— *Chut ! Reste là.* Et ne bouge pas.

Hutch sortit son arme de sa ceinture et la tendit à Jude.

— *Utilise-le si c'est nécessaire.* Mais essaie de ne pas me tirer dessus si possible. Compris ?

Hutch laissa un Jude abasourdi derrière lui dans le placard. Il sortit son Glock de sous le lit, récupéra des munitions dans un tiroir et navigua à travers la maison en armant son arme une balle après l'autre.

Nom de Dieu, Hutch aurait dû le savoir ! Il l'*avait* su, en fait, à un certain degré. Un type de 1re classe comme Jude Devereaux n'apparaissait jamais de nulle part, pas sans traîner derrière lui un bon paquet d'emmerdes. Bien évidemment que l'amant éconduit de Jude aurait un putain de groupe de tueurs sous sa coupe. Parce que c'était exactement ainsi que les choses avaient fonctionnées pour Hutch, toute sa vie. Jamais un seul repas gratuit sans une lame de rasoir à l'intérieur. Il avait baissé sa garde, avait laissé Jude le convaincre que son ex était inoffensif et à présent, il le regrettait amèrement.

Mais alors qu'il se morigénait silencieusement, une part de lui qui ne s'était plus exprimée depuis un long moment se réveilla et se lécha les babines d'impatience.

HUTCH effectua sa reconnaissance depuis l'étroit grenier du chalet, encore en travaux. Il nota la présence de quatre hommes. Deux d'entre eux se tenaient à l'arrière du chalet près du bois et deux autres se trouvaient à l'avant de chaque côté de l'allée, utilisant des arbustes pour se mettre à couvert. Ils étaient tout de noir vêtus avec des masques de la même teinte dissimulant leur visage. Deux avaient des fusils d'assaut de type Uzi et les deux autres portaient des armes de poing gros calibre, un .45 de l'armée, très certainement. La question ne se posait même pas de savoir s'ils en avaient d'autres planquées sur eux.

Ils n'étaient clairement pas du coin. Primo, ils portaient tous du noir, ce qui ressortait avec la neige, même la nuit à cause du clair de lune. Amateurs.

Si Omar avait engagé ces guignols, comment les avait-il contactés en premier lieu ? Hutch n'avait pas gardé un œil très attentif sur le réseau, mais il était presque sûr que la connexion n'était pas revenue avant la nuit précédente. Ils étaient arrivés très vite. Et comment Omar pouvait-il savoir où Jude s'était rendu ? L'avait-il suivi cette nuit-là en fin de compte ? Aurait-il noté où Jude s'était réfugié, avant d'attendre le bon moment pour frapper ? Lorsque Hutch l'avait espionné dans son chalet, Omar ne lui avait pas semblé être du type à traquer quelqu'un à travers un tel blizzard, et Hutch n'avait vu aucune empreinte dans la neige. Non, il était bien plus probable que Jude ait été équipé d'un dispositif GPS. Ou son téléphone, peut-être. Si Omar était du genre possessif, il aurait pu sans problème piéger son téléphone sans que le mannequin le sache. Putain d'enfoiré. Rien d'étonnant à ce que Jude se barre, dans ces conditions.

Au final, peu importait comment Omar avait retrouvé Jude. Le fait était qu'il avait réussi. Mais Hutch vivait sous une fausse identité, ici. Ce qui signifiait que même si Omar connaissait le nom affiché sur le bail du chalet, il n'avait aucune idée de la personne à laquelle il se frottait en réalité.

Hutch esquissa un sourire dans l'obscurité.

Il y avait trois manières de quitter le chalet sans passer par la porte d'entrée ou par celle de derrière. Il existait un vide sanitaire sous le chalet auquel Hutch pouvait accéder via une trappe dans le plancher, mais il lui faudrait se débattre avec une bonne couche de neige pour remonter. Il pouvait aussi passer par la fenêtre latérale. Et quant à la troisième option…

Il gagna l'une des fenêtres couvertes d'une persienne. Ce côté-là du chalet donnait sur l'abri qui se trouvait une bonne vingtaine de mètres plus loin. Hutch désactiva l'alarme de ses capteurs, remonta la persienne et ouvrit la fenêtre. Comme il huilait toujours bien les paumelles, cela se fit dans le plus grand silence. Il ne pouvait pas voir le câble à l'extérieur, mais lorsqu'il tendit la main, il le sentit immédiatement sous ses doigts. Il était encore bien tendu. Parfait. La tempête ne l'avait pas endommagé. Il avait peut-être un peu gelé, mais le métal pouvait supporter une température de -50°C, donc il n'y avait aucune raison pour qu'il se rompe sous son poids.

Hutch enfila un harnais et l'accrocha au câble attaché au-dessus de la fenêtre. Silencieusement, il glissa depuis le grenier jusqu'au toit de l'abri. Si les hommes qui se tenaient à l'avant de la propriété levaient au bon moment les yeux vers leur gauche, ils auraient un visuel direct sur lui. Dans la main droite, il tenait son Glock au cas où cela arriverait. Ils ne levèrent pas les yeux. Ils avaient déjà désactivé l'alarme près de l'abri, donc celle-ci ne se mit pas non plus à sonner.

Sans le moindre bruit, Hutch atterrit sur la neige moelleuse du toit dans un nuage de flocons. Il se détacha et fit une roulade vers la droite. Aucun coup de feu n'éclata. L'instant suivant, il s'introduisait dans l'abri depuis la fenêtre du fond. Ses muscles se bandèrent, s'attendant presque à trouver un autre inconnu à l'intérieur. Il n'y avait personne.

Bordel. Cela avait été trop facile.

Hutch déplaça une caisse et souleva la trappe. Il avait assez d'armes dans l'abri pour faire face à un petit groupe d'envahisseurs. Il s'empara de plusieurs fumigènes, d'une poignée de mini-grenades à fragmentation V-40, d'un mini lance-grenades et les enfonça dans ses poches. Il prit sa meilleure carabine à lunette accompagnée d'un silencieux. Ce soir, l'opération se déroulait en mode furtif et il ne jouait à aucun jeu. Ces intrus n'étaient pas des gars ordinaires. C'étaient des professionnels et ils étaient venus armés pour tuer. Ils le menaçaient non seulement lui, mais aussi Jude. *Jude.* Hutch n'allait pas les laisser atteindre leur objectif.

Il posa la carabine sur son épaule et passa de nouveau par la fenêtre, se hissant sur le rebord et réussissant à grimper sur le toit enneigé. Il rampa sur le côté à l'aide de ses coudes et de ses genoux jusqu'à ce qu'il soit capable de voir les deux hommes à l'avant. Ils avaient quitté leur position à couvert et avançaient prudemment en direction du porche. Les fumiers.

Je ne peux pas les laisser entrer. Un brasier se mit à le dévorer de l'intérieur. Si ces brutes épaisses pensaient qu'il allait les laisser forcer Jude à retourner auprès d'un homme dont Jude ne voulait pas, l'arracher à la protection de Hutch et l'emmener là où il n'avait pas envie d'aller ; ou pire encore : se venger de lui d'une balle dans la tête d'une façon aussi minable… Eh bien les brutes en question allaient passer un très mauvais quart d'heure.

Hutch déblaya la neige sur le toit pour pouvoir bénéficier d'une base stable, se cala sur le ventre et cala la carabine contre son épaule, l'œil rivé dans la lunette de visée.

L'homme le plus en avant essayait de tourner la poignée de la porte verrouillée, tandis que celui se tenant derrière lui faisait office d'éclaireur, dos au chalet, l'arme au poing et scrutant les environs. Il ne remarqua pas la présence de Hutch sur le toit de l'abri.

Le doigt sur la gâchette. Bang.

Hutch visa celui balayant les alentours du regard et il l'eut d'une balle entre les deux yeux. Le type se figea et du sang s'écoula de sa cagoule de ski noire. Il tomba à genoux, l'arme lui glissa des doigts sans même qu'il ait eu le temps de s'en servir. Puis, il tomba à plat ventre par terre, atterrissant à mi-chemin des marches donnant sur le porche. Le gars qui se trouvait près de la porte se retourna immédiatement et leva son arme. Hutch se contenta d'appuyer une nouvelle fois sur la gâchette et la tête du second éclata à son tour. Il s'écroula sur le seuil comme une feuille de papier toute froissée.

Deux à terre.

Hutch relâcha la pression et éloigna la carabine pour scanner les environs de ses propres yeux. Il tendit l'oreille, à la recherche du moindre bruit, mais il n'entendit rien. Le monde était matelassé d'un manteau de coton avec toute la neige qui était tombée. Ses tirs avaient produit un bref *bam* atténué par le silencieux, et les hommes n'avaient pas vociféré un seul mot. Il y avait des chances pour que ceux à l'arrière n'aient rien entendu.

Merde. C'était comme aller à la pêche aux anguilles dans un tonneau. L'espace d'un instant, la réalité de la chose rattrapa Hutch. Ce *n'étaient* évidemment pas des anguilles dans un tonneau. C'étaient des êtres humains. Deux hommes étaient morts, juste là devant l'entrée, leur cervelle explosée sur la porte. Comment allait-il les faire disparaître ? Lui qui s'était promis de ne plus tuer personne. Putain de merde. C'était justement pour cette raison qu'il s'était barré, en premier lieu.

Ils s'en sont pris à toi, lui rappela une voix peu dure dans sa tête. *Les armes chargées et en tenue de commando. Qu'est-ce que tu étais censé faire d'autre ? Leur offrir du thé et des cookies ? Tu n'avais rien demandé, toi.*

Hutch avait toujours su que ce jour arriverait : celui où il devrait reprendre ses vieilles habitudes au sein même de sa propriété. Mais il avait toujours pensé que, si cela arrivait, ce serait à cause de son passé, pas du petit copain jaloux d'un total étranger. Bordel de merde.

Reviens sur terre, Hutch. Tu n'en as pas encore terminé.

Il réenclencha la sécurité et se redressa sur les mains et les genoux jusqu'à atteindre le bord de la toiture, puis il se laissa chuter dans un tas de neige. *Pouf.* L'atterrissage fut pour le moins cuisant, même avec la poudreuse, mais ce n'était rien de bien méchant. Il se releva, tira la sécurité et piétina aussi silencieusement que possible à travers le tapis accumulé au bord de l'abri, la carabine montée sur son épaule.

Il n'y avait toujours aucun signe des deux autres. Ils devaient encore se trouver à l'arrière, à attendre que leurs acolytes s'introduisent dans le chalet.

Hutch se mit le plus à couvert possible et traversa rapidement l'allée déblayée jusqu'aux corps sur le porche. Les deux hommes étaient munis de casques. Il en arracha un, prenant le temps d'ouvrir la doudoune du type pour en sortir le petit récepteur accroché à son haut. Il le passa, fichant une des oreillettes dans son oreille.

Le gars à l'autre bout de la ligne répétait un nom.

— Sal ? Sal ?

Pour gagner un peu de temps, Hutch poussa un grognement qu'il espérait correspondre à une réponse affirmative. Il balaya les environs.

À présent, il avait un choix à faire : se diriger vers le bois en longeant la partie avant du chalet et faire le tour par la forêt, ou contourner le chalet en s'abritant dans l'ombre projetée par les murs. Passer par le bois serait plus lent et les hommes à l'arrière avaient déjà quelques soupçons. Mais rester près du chalet était plus risqué. Dans ses vêtements blancs, il n'était pas aussi visible dans la neige, mais contre des rondins en bois, il ferait tout aussi bien de se dessiner une cible sur le front. En plus, il préférait ne pas subir une fusillade aussi près du chalet, là où une balle perdue pouvait très bien venir percer le bois, peut-être même bien celui du placard.

Jude.

À cette pensée, son cœur se mit à palpiter furieusement. Bon sang. Il ne pouvait pas se permettre d'être aussi émotionnel. Il ne pouvait pas se permettre d'avoir peur de ce qu'il avait à perdre, dans cette histoire. *Concentre-toi.*

Option numéro trois, donc, décida Hutch. Il passa la carabine dans son dos, monta sur la balustrade, se saisit du bord de la toiture et s'y hissa.

Le toit du chalet était complètement enneigé et il était plus raide et glissant que celui de l'abri. Le toit à pignons en métal très pentu permettait de dégager le trop-plein de neige. Mais il y avait aussi par-ci par-là de petits garde-neige pour aider à rediriger les tombées d'une éventuelle avalanche, et il s'en servit comme de prises pour ses mains et ses pieds afin de se frayer un chemin jusqu'en haut tout en jurant intérieurement chaque fois qu'il glissait. Heureusement, la neige fraîchement tombée n'était que de la poudreuse et non pas une couche de glace. Il faisait bien trop froid pour qu'elle ait eu le temps de fondre.

Lorsqu'il arriva au sommet et qu'il jeta un coup d'œil de l'autre côté, les deux hommes en noir étaient déjà en position de part et d'autre de la porte de derrière. À cause de l'inclinaison du toit, il ne pouvait pas voir la porte, ce qui voulait aussi dire qu'il ne pouvait voir l'un des gars qu'en partie et qu'il ne pouvait pas voir du tout l'autre.

Merde.

Il passa ses avant-bras par-delà le sommet. Cette position était vraiment précaire et encore plus instable, mais il réussit tout de même à glisser une main dans sa poche pour en sortir un fumigène. Il tira sur la goupille et le lança aussi fort qu'il le put vers la lisière du bois. Elle heurta un arbre et la seconde suivante, il y eut une explosion de lumière et de bruit.

Le temps qu'il porte la carabine à son épaule, les deux hommes s'étaient éloignés de la porte et s'étaient rétractés en position accroupie, explorant des yeux les arbres, les armes prêtes à tirer. Hutch en élimina un d'une balle dans la tête.

L'autre gars le repéra. Il leva les yeux et, dès qu'il aperçut Hutch, commença à tirer. Une balle toucha la neige sur le toit, la faisant s'envoler et l'aveuglant. Il enclencha la sécurité, relâcha la pression sur le sommet et se laissa glisser jusqu'au porche à l'avant de la maison. Sa descente fut ralentie lorsqu'il se coinça à plusieurs reprises sur les garde-neige, mais pas suffisamment pour stopper complètement sa chute. Cette fois-ci, l'atterrissage ne fut pas aussi agréable. Il percuta la rambarde avec son genou en glissant et heurta le sol dans un roulé-boulé. Après s'être cogné l'épaule contre la chaussée dégagée devant les escaliers, il souhaita n'avoir jamais déblayé cet après-midi. Il allait le sentir passer pendant quelques semaines.

Il se remit sur ses pieds en ignorant la douleur. Juste au moment où il se fut entièrement redressé, le quatrième homme tourna à l'angle et lui fonça dessus, l'arme levée.

Le type parvint à tirer un autre coup, mais Hutch était déjà en mouvement et il le manqua, la balle se perdant dans l'allée dans un tintement. Hutch visa sans y penser à deux fois et atteignit l'homme au bras gauche. Il le voulait vivant. Il lui fallait des réponses.

Le type tomba à genoux, serrant son bras mutilé et jurant des insanités. Hutch s'approcha de lui aussi rapidement que possible compte tenu du boitement engendré par son genou blessé. Il était presque sûr que le gars n'allait pas riposter avec son bras touché et cassé, mais cela ne l'empêcha pas d'être prudent.

Le lâche ne tenta rien. Il resta agenouillé là, à jurer – il avait un vocabulaire pour le moins fleuri, très *américain*. Des mercenaires ? Une équipe en charge de la sécurité ? Qui étaient ces types, à la fin ?

Hutch tendit la main vers lui et attrapa le sommet de sa tête, lui retirant la cagoule de ski et quelques cheveux avec. Le gars le fusilla du regard. Son visage était blanc, grêlé, avec une barbe de trois jours rousse et ses traits étaient tordus sous la douleur. Lorsqu'il les releva vers Hutch, ses yeux sombres étaient emplis d'une forte envie de meurtre, pourtant, il ne prononça pas un seul mot et se contenta de serrer les dents.

Hutch appuya le bout du silencieux contre la gorge de l'homme.

— *Qu'est-ce que vous foutez là ? C'est Omar qui vous envoie ?*

Sa voix paraissait calme, mais à l'intérieur, l'adrénaline qui avait pulsé dans ses veines pendant l'affrontement commençait à décroître. Il avait soudain une bonne douzaine de questions et plus que quelques doutes naissants dans son esprit. Était-ce le gars que Jude avait largué qui les avait envoyés ? Pourquoi faire se déplacer des tueurs à gages jusqu'en Alaska, si c'était le cas ? Avait-il aussi mal pris le fait de se faire jeter après… quoi ? Un mois et quelques de relation ? Ou était-ce Jude qui mentait ? Peut-être que leur histoire n'était pas aussi courte qu'il le prétendait. Ou peut-être même que Jude avait fait quelque chose, avait *volé* quelque chose, ou bien…

— *Baisse ton arme.*

La voix grave et contrôlée de l'homme provenait de derrière lui. Elle ne pouvait provenir que du chalet. Il n'aurait pas pu manquer la présence de quelqu'un d'autre dans la cour.

Il se figea, l'extrémité de la carabine toujours sur la gorge du type. Ce dernier avait les yeux rivés au sol à présent, comme s'il ne voulait pas mettre Hutch plus en colère qu'il ne l'était déjà. Hutch sentait son pouls battre frénétiquement contre le silencieux. Il sentait son propre cœur faire la même danse.

Hutch baissa doucement le canon de la carabine pour viser le sol. Il se retourna.

La porte du chalet était grande ouverte. Dans l'embrasure se tenait Jude portant le sweater gris de Hutch, les pieds nus, les bras entravés à l'avant avec des liens retenant ses poignets et une expression sinistre sur le visage. Un homme habillé comme les autres tout en noir et portant une cagoule maintenait Jude devant lui, une main empoignant son biceps. Il avait un semi-automatique pointé sur la tête du jeune homme. Sur le porche, les deux corps en noir étaient regroupés de manière grotesque autour d'eux.

Le sol s'ouvrit sous ses pieds. La peur, froide comme de la glace, et la fureur le traversèrent. Il garda une expression entièrement neutre.

— *Jette ton arme le plus loin possible, lui ordonna l'homme, l'accent dans sa voix trahissant une once d'incertitude.* Fais-le ou je lui fais exploser la cervelle ici même, exactement comme tu l'as fait avec mes camarades.

Comme un train entrant en pleine collision avec son esprit, de multiples scénarios accaparèrent toutes ses pensées.

Le corps de Jude secoué de soubresauts, sa figure se tordant dans une horrible grimace tandis qu'un liquide rougeoyant se répandait…

Hutch relevant sa carabine, un petit trou sombre apparaissant au centre de la cagoule de ski, Jude revenant vers lui sain et sauf alors que l'homme entamait sa chute…

Hutch jetant son arme dans la neige, laissant l'homme s'approcher. Hutch sortant un couteau de sa ceinture, le métal rencontrant la chair tendre...

L'homme s'éloignant en voiture avec Jude. Ce dernier se retournant vers lui, l'expression illisible tandis qu'il était emmené Dieu seul savait où...

Le corps de Jude secoué de soubresauts, sa figure se tordant dans une horrible grimace tandis qu'un liquide rougeoyant se répandait...

Hutch redressa son flingue, tira...

— *Hutch, je t'en prie. Je t'en supplie.* Baisse ton arme.

Il y avait une note d'insistance dans la voix de Jude, une once de confiance, une supplication. Son visage était pâle et désolé. Quelque chose de sombre brillait dans ses yeux. Pas de la peur...

L'homme se dissimula davantage derrière Jude, l'utilisant comme bouclier humain.

— *Baisse ton arme ou c'en est terminé de lui ! cria-t-il.*

C'est de la culpabilité. L'espace d'une seconde, Jude arbora un air coupable.

Et puis, oh ensuite, les pièces s'assemblèrent d'elles-mêmes. *Un. Deux. Trois.*

Hutch laissa tomber sa carabine. Il avait l'impression de se séparer d'un poids énorme.

— *Emmenez-le, dit-il, sans exprimer la moindre émotion.*

Les deux hommes sur le porche le dévisagèrent.

— *C'est ce que je compte faire, le menaça-t-il.*

— *Parfait ! Vous deux, dégagez de ma propriété.*

Hutch prit la direction de l'abri. La colère le consumait de l'intérieur et il avait envie de vomir.

— Hutch !

La voix de Jude.

Hutch l'ignora. Il continua jusqu'à l'abri et appuya brutalement sur les touches du verrou à code de la porte latérale. Il était furieux. Jude et l'inconnu derrière lui échangeaint des chuchotements frénétiques.

La porte se déverrouilla. Hutch l'ouvrit en grand. Une fois à l'intérieur, il se rendit jusqu'à sa planque. Il en sortit le plus gros calibre qu'il possédait : un lance-roquettes M41. C'était une vraie bête, mais cela représentait exactement ce qu'il ressentait à ce moment-là. Il l'ajusta sur son épaule et retourna à l'extérieur.

L'homme guidait Jude, toujours pieds nus, en bas du porche et sur la route dégagée. Il avait toujours une poigne ferme sur le bras de Jude et le flingue pointé sur lui. Jude grimaça lorsque ses pieds nus glissèrent sur le béton froid. Ils se figèrent tous les deux lorsqu'ils aperçurent Hutch avec son lance-roquettes.

— *Eh merde,* gronda *l'homme.*

Le visage de Jude se vida de toute émotion. Il ferma les yeux.

Hutch s'accroupit dans la neige non loin de l'abri et cala le M41 sur son épaule. Il reprit :

— *Je vous ai dit de foutre le camp de chez moi ! Dégagez et prenez-le avec vous. Vous n'avez qu'à remonter l'allée et à déguerpir. Si je revois vos sales tronches sur mon terrain, vous allez comprendre ce que c'est de se prendre ça dans le cul !* Vous m'avez entendu ?

Son propre ton dégoulinait de tant de rage qu'il se surprit lui-même.

Jude releva les paupières et posa les yeux sur Hutch. Il faisait noir, mais cela ne l'empêcha pas de le voir. Dans ces tunnels bleu foncé luisants, Hutch crut voir une pointe de regret. *Du regret,* putain. Il pouvait allait se faire foutre, littéralement.

— *Jude, barre-toi d'ici, tout de suite !* ajouta Hutch, juste pour que ce soit parfaitement clair entre eux.

Sans prononcer le moindre mot, ils s'en allèrent. L'homme agrippa le bras de Jude, le traînant à moitié à travers l'allée déblayée. Ils descendirent le chemin, suivi par l'homme sur lequel Hutch avait tiré, et disparurent de son champ de vision.

Jude ne se retourna pas une seule fois.

Chapitre Six

HUTCH était vraiment furieux. Pour une fois, faire sa valise consistait en la chose suivante : balancer délibérément ce qu'il emportait dans le sac ouvert sur le lit. Les pulls, BIM ! Les chaussettes, BAM ! Les baskets, BIM, *BAM* !

Il s'était fait berner. Il s'était fait avoir. Comme un bleu. Comme un pigeon. Comme une putain d'écolière.

Oh, qu'est-ce qu'il est beau ! Qu'est-ce qu'il est mignon !

Il n'arrivait pas à croire qu'il était *tombé* dans le panneau. Parce que Jude avait paru réglo, avec toutes ses photos de mannequin sur Internet et toute cette histoire de petit ami possessif. Hutch n'était pas exactement le genre de personne à accueillir facilement quelqu'un chez lui, et pourtant, Jude avait réussi à dissiper tous ses doutes.

Parce que tu avais envie que ce soit vrai. Aveuglé par une belle gueule et un joli cul. Hutch, t'es un putain d'idiot.

— *Merde ! hurla*-t-il dans le chalet vide.

Il fallait qu'il se serve de sa tête, pas de ses poings. Il fallait qu'il se calme. Qu'allait-il faire maintenant ?

L'Agence l'avait retrouvé. Sa couverture était foutue. Il devrait remplir un sac à dos, attraper toutes les armes qu'il était à même de porter et se tirer d'ici immédiatement en passant par la forêt. Mais putain, il était fatigué de fuir. Il n'avait pas envie de reprendre sa vie et de repartir de rien, *encore une fois*. En outre, l'argent qu'il avait mis de côté commençait à manquer. Ce n'était pas peu cher de recommencer une vie : il fallait une nouvelle identité, un nouveau véhicule, louer une nouvelle maison, un nouveau stock d'armes, et encore plus de paranoïa. Et à cela s'ajoutait une nouvelle liste de raisons qui expliquaient pourquoi il ne devait laisser personne l'approcher de trop près.

Ouais, merci pour ça, Jude. Comme si j'en avais pas déjà assez sur le dos.

Les couvertures sur le lit étaient toutes froissées et portaient l'odeur du sexe, le parfum de Jude. Quelques heures plus tôt, à ce même endroit, ils s'étaient enlacés et Hutch s'était senti tellement mal à l'idée que Jude doive bientôt retourner à sa vie à lui. Putain, il était tombé raide. Comme un putain d'arbre.

Peut-être que c'était une bonne chose qu'il réussisse à le détester, maintenant. Il pouvait s'accrocher au fait que Jude était un sale menteur et un faux jeton au lieu de jouer les types tout mielleux juste parce qu'il allait le quitter. Il pouvait…

Il entendit un vrombissement sourd dans le silence des terres sauvages de l'Alaska. Cela ressemblait comme un gros véhicule utilitaire sport. Hutch ramassa son Glock et se rendit à pas de loup vers l'avant de la maison. Le dos au mur, il observa la scène à travers la vitre frontale.

L'aube se levait. Le ciel était encore sombre, mais il faisait suffisamment clair pour qu'il puisse voir le Land Rover rouler le long du chemin. Jude était assis à l'avant sur le siège conducteur. Il ne semblait y avoir personne d'autre dans le véhicule, mais cela ne voulait pas dire qu'il était seul. Il roulait doucement, observant la maison, une main sur le volant et une autre levée, la paume dans sa direction, tel un geste de reddition. La crispation importante de ses traits lui disait qu'il avait conscience qu'il pouvait se faire tirer dessus à n'importe quel moment.

Hutch braqua le canon de son arme, visa, mais n'appuya pas sur la détente. Il sentit une pellicule de transpiration se déposer sur sa nuque.

Jude arrêta la voiture devant le chalet. Il ouvrit la porte du conducteur et en sortit lentement, les mains en l'air. Il resta là, les yeux fixés sur les fenêtres.

— Hutch, l'appela-t-il.

Hutch patienta, gardant le silence. Il avait une boule de colère dans le ventre et quelque chose d'autre aussi. Un sentiment de trahison, peut-être. De la déception, aussi. Sa fierté était heurtée, ça, c'était certain. *Bordel de merde, Jude. Pourquoi fallait-il que tout ça ne soit qu'un mensonge ?*

— *Je t'en prie, laisse-moi te parler*, tenta Jude. Tu peux me fouiller si tu veux. Je veux juste discuter. C'est tout.

— *Repars là d'où tu viens*, lui ordonna Hutch assez fort pour être entendu à travers la vitre close.

Jude déglutit. Son expression exprimait, dans une certaine intensité, un trop-plein de regrets. Et qu'il soit damné s'il ne trouvait pas qu'il était beau, debout devant lui comme ça. Ses vêtements n'étaient plus les mêmes. *Il avait dit « au revoir » à son déguisement.* Il portait à présent un pantalon de combat noir avec un sweat et une doudoune de la même couleur. Ses yeux bleus et sa peau pâle étincelaient presque au milieu de tous ces tissus sombres sous les rayons gris rosé du petit matin. Être habillé ainsi lui allait mieux. Ces vêtements sévères le rendaient davantage stupéfiants que juste mignon.

Non. Non, c'étaient ce genre de conneries qui lui avaient attiré des problèmes auparavant. *Tu m'as eu une fois.* En quoi son apparence était-elle importante ?

— *Je t'ai dit de te tirer d'ici !* rugit Hutch.

— Hutch.

La voix de Jude avait une intonation suppliante.

— *Je sais que tu as des questions... Qui m'a envoyé. Et pourquoi.*

— *Je sais qui t'a envoyé.*

— *Vraiment ? Tu en es sûr ?* Il faut que tu le sois, Hutch. Parle-moi.

Le pire dans tout ça, c'était que Jude avait raison. Il fallait que Hutch sache. Il y avait des choses qu'il fallait qu'il comprenne pleinement avant de décider ce qu'il allait faire par la suite. Mais merde, il était en colère. Une partie de lui voulait juste lui mettre une bonne raclée. Mais une autre avait bien envie de l'inviter à entrer et d'écouter ce qu'il avait à dire parce qu'il *avait toujours envie de Jude à ses côtés*. C'était pire que tout.

Jude est un traître, se rappela-t-il. Et Hutch n'était pas du genre à pardonner facilement.

— *Si tu entres chez moi, c'est sous mes conditions, et je peux te promettre que tu ne vas pas aimer.*

Hutch lui jeta ces mots de la même manière qu'il lancerait des armes. Jude acquiesça.

— *Évidemment. Mais d'abord... est-ce qu'ils pourraient venir récupérer les corps ? Tu peux te servir de moi comme d'un otage, si tu veux.*

Hutch serra les dents. Il n'avait pas vraiment envie d'avoir deux cadavres sur le pas de sa porte, et laisser l'ennemi récupérer les corps de ceux tombés au combat faisait partie du code. Mais il n'avait pas confiance pour un sou en la tournure que pourraient prendre les événements.

Il y réfléchit un moment.

— Un seul homme se ramène. Tu l'aides à transporter les corps dans la jolie bagnole que tu as là, puis il repart. Ça ne se passera pas autrement.

— *Entendu*, déclara calmement Jude.

Étant donné le volume de sa voix, il avait dû baisser le menton comme s'il parlait à son sweat. Il était sans le moindre doute sur écoute. Une seconde plus tard, un soldat en tenue de camouflage emprunta l'allée, les mains levées. Son visage était neutre, mais sévère, et il ne porta pas une seule fois son regard directement sur la fenêtre. Jude et lui montèrent sur le porche, tentant d'ignorer le fait que Hutch se trouvait à l'intérieur avec son flingue armé et pointé sur eux. Ils firent descendre un des corps et le déposèrent prudemment dans le 4x4, puis revinrent pour le deuxième. Ils firent ensuite le tour pour aller récupérer l'homme à l'arrière. Hutch se déplaça en même temps qu'eux de l'autre côté du chalet pour garder son canon bien visé. Ils soulevèrent le corps, un homme de chaque côté pour le maintenir et l'embarquèrent au-devant de la maison pour le charger à son tour dans le Rover.

Une fois que ce fut fait, Jude ferma le coffre du véhicule et le soldat remonta le sentier et disparut sans accorder un seul regard à la maison.

Jude revint à sa précédente place et leva les mains. Il posa un regard ferme sur le carreau. Il était peu probable qu'il puisse voir Hutch à l'intérieur. Ce dernier le fit attendre quelques minutes, le laissant peut-être se demander si Hutch allait se décider à lui tirer une balle.

Bien sûr, il n'en fit rien.

— *Les mains sur la tête, aboya Hutch.* Approche de la porte. Je te jure, Jude, ou quel que soit ton nom, si un seul écureuil franchit les limites de ma propriété pendant que tu es là, je ne retiendrai *pas* mon doigt. Bien compris ?

62

— *J'ai compris, Hutch, répondit calmement Jude* en mettant ses mains sur la tête.

Jurant intérieurement, Hutch se dirigea vers la porte, désactiva l'alarme et ouvrit le battant tout en restant dans l'ombre. Il lorgna Jude alors que celui-ci grimpait le porche et passait le seuil de la porte, les mains toujours sur le crâne.

Hutch ferma et réactiva l'alarme. Il refusa de croiser son regard lorsqu'il le fouilla, puis il lui retira sa doudoune et la jeta sur le côté. Ses mains ne s'attardèrent pas non plus. Il n'avait pas envie de penser à quel point ce corps lui était familier. Jude n'avait aucune arme sur lui, mais il était connecté aux autres par une oreillette enfoncée dans son oreille et un micro. Hutch ne s'embêta pas à les lui confisquer. Qu'ils écoutent donc.

— *Je n'ai rien sur moi, dit Jude.* Et Jude Devereaux est mon vrai nom.

— *La ferme. Les mains devant toi.*

Jude les leva tout en les gardant bien écartées. Il essaya de croiser le regard de Hutch puis secoua la tête, une inquiétude perçant son masque. Il tentait de lui signaler qu'il ne voulait pas qu'il lui lie les mains.

Pourquoi ne le ferait-il pas ? Et pourquoi est-ce qu'il devrait se soucier de ce que Jude voulait ? Tout de même, il y avait quelque chose dans l'expression de Jude, un soupçon d'agitation et… d'honnêteté ? Ouais, c'est ça. Hutch décida de laisser couler. Ce n'était pas comme s'il ne pouvait pas maîtriser Jude, que ses mains soient attachées ou non.

Hutch serra les dents.

— *Pose tes fesses sur cette chaise et n'en bouge pas.*

Il fit un signe avec son arme en direction d'une chaise dans le salon.

Jude hocha la tête avec gratitude, ce qui ne fit qu'accentuer la colère que ressentait Hutch. Jude s'assit et croisa ses doigts sur ses genoux pour signifier qu'il n'était pas une menace.

Hutch piétina jusqu'à l'âtre. De cette position, il avait une bonne vue sur l'extérieur entre les pans des rideaux couvrant la fenêtre de devant, un aperçu sur l'arrière-cour à travers la fenêtre de la cuisine et une vue dégagée sur Jude au cas où il devrait flinguer cet enfoiré.

— *Parle*, lança-t-il sur un ton impatient.

Jude déglutit bruyamment.

— *Je suis désolé. J'aurais voulu pouvoir être honnête avec toi. Malheureusement, ce n'était pas une option.*

— *Ouais. Je suis sûr que tu es dévasté.*

Les yeux de Hutch balayèrent l'avant, puis l'arrière avant de revenir sur lui. Rien.

— *Nous pouvons toujours arranger les choses. Ils te veulent pour un boulot. Tu seras bien payé*, ce ne sera pas trop long et tu n'auras pas à partir et à te reforger une nouvelle identité. Tu peux rester ici, on m'a dit qu'ils ne viendraient plus te déranger après ça. Un seul job, Hutch. Et on tire un trait sur toutes tes dettes.

Hutch toisa le visage de Jude.

— *Et tu crois vraiment ce que tu dis ?*

Il n'y avait que du sarcasme dans son ton.

— *Oui*, répondit Jude.

Mais, dans le même temps, il secoua la tête. *Non.*

Le dos de Hutch se raidit et il plissa les yeux. À quoi est-ce que Jude était en train de jouer ? Mais le visage de celui-ci ne révéla rien. Hutch jeta un coup d'œil par la fenêtre donnant sur l'avant-cour. Celle de derrière. Il n'y avait pas un seul mouvement.

— *Comment as-tu su ? lui demanda* Jude. Pour moi ?

Hutch pinça ses lèvres.

— *J'avais dévissé la poignée à l'arrière pour qu'elle ne puisse pas tourner depuis l'extérieur.* Je l'aurais entendu si on l'avait défoncée, et puis l'alarme était activée. Pour que ton supposé kidnappeur ait pu entrer, le seul moyen aurait été de désactiver l'alarme et de lui ouvrir toi-même la porte.

Les narines de Jude se dilatèrent. *De la colère ? De l'agacement, dirigé sur sa propre personne ?*

— *C'était stupide de ma part, admit-il.* Mais tu étais en train de décimer toute l'équipe.

— *Ils n'auraient pas dû envoyer cette putain d'équipe en premier lieu.*

Jude détacha son regard et sa bouche se tordit de regret. Et bordel, la culpabilité transperçait Hutch. Cette *équipe* faisait partie de l'Agence. Des Américains. Et il avait tué trois des leurs.

— *Ils n'auraient pas dû envoyer une unité armée et anonyme du SWAT pour violer ma propriété ! dit* Hutch plus fort.

Il expira.

— Ou alors, ils auraient dû en envoyer des meilleurs.

Jude releva les yeux vers Hutch, le regard dur.

— *C'étaient de bons éléments.*

— *Pas suffisamment bons, cracha* Hutch, furieux.

Que l'Agence aille se faire voir en enfer. C'était leur putain de faute si les choses avaient aussi mal tourné. C'étaient eux qui avaient du sang sur les mains.

— *Qu'est-ce qui peut être aussi important pour qu'ils aillent jusqu'à inventer toute cette putain de comédie ?*

— *Je vais te montrer.*

Jude passa sa main sous son sweat, lentement, ne quittant pas Hutch une seule seconde des yeux.

— *Ça te va si je te montre, hein ?*

Hutch crispa légèrement ses doigts sur la détente de son flingue, mais il hocha quand même la tête.

Jude se tortilla et sortit une grande enveloppe grise. C'était bien le genre de l'Agence, il n'y avait pas de doute là-dessus. Combien d'ordres de mission Hutch avait-il reçus dans des enveloppes comme celle-ci ? Jude la décacheta et en sortit un large cliché. Il le déposa sur la table basse dans le sens de Hutch et le glissa dans sa direction de ses mains ridiculement élégantes.

— Omar Bishara. Il vit actuellement en Amérique du Sud. Il ramasse d'immenses sommes d'argent avec son trafic de drogue et sa traite d'êtres humains, et des millions vont directement enfler le capital de l'ISIS [3].

— *Ah, je vois. Ton « ami »*, ricana Hutch.

Jude ne prononça pas un mot, les yeux fixés sur les siens, le visage complètement lisse.

« Poker face ». C'était bizarre de voir Jude ainsi. Dans cette accoutrement. Savoir qui il était et pour qui il travaillait vraiment… Cela déclencha quelque chose dans l'esprit de Hutch qui changea totalement sa perception des choses. Avant, Jude avait été un homme drôle, canon, un beau parleur sûr de lui, mais incarnant toujours l'innocence. Il y avait eu ce petit truc dans toute cette histoire de top-modèle que Hutch avait trouvé un peu… pas vraiment méprisable, mais… frivole ?

Ce Jude Devereaux, tout de noir vêtu – cet homme-là était une personne complètement différente. Hutch l'examina, se repaissant de chaque détail du tableau dans lequel Jude était dépeint, installé sur l'une de ses chaises. Jude ne donnait pas l'impression d'être un vétéran. Il avait l'air… d'un espion. C'était ce qu'il devait être. Les membres des services secrets de

3 Littéralement « État islamique en Irak et au Levant » parfois désigné par l'acronyme anglais ISIS ou par l'acronyme arabe Daech/Daesh

l'Agence étaient bien entraînés. Hutch avait travaillé avec plusieurs d'entre eux et il les admirait beaucoup, même s'il ne les comprenait pas vraiment. À de nombreuses reprises, un informateur – alias une taupe, un espion – avait pu rapporter à Hutch et à son équipe des informations inestimables. Mais c'était un travail dangereux. Il avait entendu parler de couvertures qui tombaient et du meurtre de beaucoup de leurs membres à cause de ça. Et Hutch savait aussi que parfois, les espions se perdaient dans leur rôle, à être tellement pris dans leur personnage qu'ils finissaient par changer de camp.

En tant qu'espion de l'Agence, Jude devait savoir comment se défendre. Il pouvait sans le moindre doute tuer un homme si c'était nécessaire. Il parlait certainement au moins trois langues, on en avait fait un fin stratège, avec tous les bagages que se traînaient les espions, ayant étudié le cryptage, la politique… Aussi futé que Hutch ait trouvé Jude, il n'était pas parvenu à discerner la moitié de qui il était vraiment. Jude avait joué les idiots.

Hutch ne pouvait s'empêcher de se poser des questions. Quand l'Agence avait-elle recruté Jude ? À l'université ? Lorsqu'il avait fait ses premiers shootings ? Peut-être qu'il était passé par la ROTC [4]. Ou peut-être qu'à l'époque, quelqu'un dans son université avait été à la recherche de jeunes recrues. En tant que mannequin, Jude avait une couverture parfaite au cas où quelqu'un s'intéresserait d'un peu trop près à lui, comme Hutch l'avait fait. Il continuait probablement d'apparaître en tant que modèle de temps à autre pour garder sa façade convaincante. La journée : top-modèle. La nuit… menteur professionnel et un sale rat au cœur de pierre.

Lorsqu'il était encore dans la Marine, Hutch respectait les agents du renseignement. Il était drôle de voir à quel point sa perception des choses pouvait changer lorsque c'était lui qui était trahi. Le sourire de Hutch dut avoir reflété sa haine, puisque Jude tressaillit. Ses joues rondes étaient rouges et son regard, posé sur le sol.

— Alors, Omar Bishara ? lâcha Hutch. C'était quoi le plan ? J'étais supposé tomber amoureux de toi ? Et ensuite, lorsque Omar aurait envoyé ses hommes pour te « kidnapper », je devais… quoi exactement ? Le pourchasser pour sauver mon seul véritable amour ?

4 Le *Reserve Officers' Training Corps* est une organisation militaire chargée de l'entraînement des officiers de réserve des forces armées des États-Unis

Jude releva les yeux. Il y avait quelque chose ressemblant presque à de la peine dans son regard, néanmoins, cela ne l'empêcha pas de lui répondre avec confiance et fermeté.

— Bishara doit être écarté, Hutch. Il rassemble des fonds pour l'ISIS depuis des années. J'ai vu ce qu'il en est ressorti de mes propres yeux. Tu te souviens de l'attaque sur Bruxelles ? J'y étais. Tellement de civils innocents y ont été tués et mutilés. L'argent qui a servi à cette attentat était directement lié à Bishara. Et aujourd'hui, un nouveau projet le concernant a fait surface, nom de code *shabh*. Nous pensons qu'il s'agirait de contrebande introduite illégalement aux États-Unis. Nos amis s'inquiètent qu'il puisse en réalité s'agir d'une *broken arrow*.

Hutch intégra les informations avec très peu d'intérêt. *Nos amis* – ceux de l'Agence. Une *broken arrow* était une arme nucléaire leur ayant été volée. C'était effrayant rien que d'y penser, mais désormais, Hutch n'avait plus confiance en aucune des affirmations de Jude, pas sachant qu'il était clairement le porte-voix de l'Agence. Il le dévisagea simplement.

Comme s'il avait lu dans ses pensées, Jude hocha la tête. L'expression qu'il affichait força Hutch à le croire sur parole.

— *De ce que j'en sais, c'est la stricte vérité. Ils se donnent beaucoup de mal pour te recruter*. Tu le sais, non ?

Jude marquait un point. Envoyer quelqu'un comme Jude. Le commando d'élite. La petite scène. Tout ça représentait un sacré paquet d'argent et beaucoup d'efforts.

— *Le gars du chalet ? Je suppose que ce n'était pas le vrai Omar Bishara ?*

Jude secoua la tête.

— *Non*. C'étaient un des nôtres qui jouait le rôle.

— *Je vois. Donc, ce Bishara doit être éliminé. Pourquoi moi ? Pourquoi ne pas envoyer une équipe dont les membres sont déjà dans vos effectifs ?*

Jude hésita l'espace d'un instant, s'humidifiant les lèvres.

— *Parce que tu es le meilleur, Hutch.*

Son intonation était monocorde et Hutch était sûr à 99% qu'on venait juste de lui dicter ces mots via son oreillette. Jude lui lança un regard, comme s'il tentait de lui faire comprendre… quelque chose.

— *Et tu es sous le radar, ajouta-t-il plus bas.*

— Ah.

Hutch comprit alors. C'était aussi clair que si Jude lui avait fait un bon gros dessin. Ce Bishara devait être un intouchable, pour une raison ou pour une autre – des diplomates, de l'argent, des accords, des amis haut placés, Dieu seul savait quoi. L'Agence voulait s'en débarrasser, mais ils ne pouvaient pas se permettre d'être associés à un tel acte de quelque manière que ce soit. Ils voulaient se servir de lui parce que, s'il se faisait prendre, *lorsqu'il* se ferait prendre, l'Agence pourrait clamer n'avoir rien à voir là-dedans. Ils pourraient stipuler que Hutch était un loup solitaire agissant dans son seul intérêt, qu'il avait quitté l'Agence des années plus tôt, qu'il avait déserté. Et ceux qui creuseraient un peu son histoire verraient que c'était l'entière vérité.

— *Alors, le but de tout ça était que je croie dur comme fer à l'épisode du kidnapping, et que cela me mette tellement en rogne que je me serais mis à ta poursuite et que j'aurais descendu Bishara.* Comme un putain de prince charmant ? C'est bien ça ?

Les mots de Hutch étaient acerbes. Pourtant, les yeux bleus de Jude portaient en eux une touche de remords et aussi quelque chose comme de la fierté mal placée, certainement pas près de laisser Hutch le faire tomber plus bas qu'il ne l'était déjà question culpabilité. Il n'avait fait que son job, après tout. Est-ce qu'un espion comme Jude savait même ce qu'était la culpabilité ?

— *Oui. Quelque chose dans le genre.*

— Ils pensaient vraiment qu'après trois jours seulement, je te mangerais dans la main à tel point que j'aurais accouru... où ça, d'abord ?

— *Au Brésil.*

— Au Brésil ! Génial. Donc, j'étais supposé filer au Brésil et violer le domaine d'un baron de la drogue parmi tant d'autres pour te récupérer ?

Hutch éclata de rire.

Jude n'ajouta rien, le regard inébranlable.

— *Est-ce qu'au moins tu connais ce Bishara ?* demanda Hutch.

— Oui. Je suis... oui.

Jude paraissait mal à l'aise à présent. Il détourna le regard vers la fenêtre.

— Ouais, vraiment ? Alors, tu es bien son gigolo, c'est ça toute l'histoire ?

Jude s'éclaircit la voix.

— *Ils se sont arrangés pour que je sois présent à un mariage auquel il était invité. J'ai fait en sorte de le croiser. Nous nous sommes revus à plusieurs reprises depuis.*

C'était stupide, mais ce fut douloureux à entendre. L'idée que Jude pouvait se vendre à une enflure comme ça… *Comme il s'est vendu à moi.* Hutch déglutit.

— *Fantastique.* Je ne pense pas me tromper en pensant que ce n'est pas la première mission où tu as mordu l'oreiller.

Jude se retourna pour lui jeter un regard noir provocateur.

— *Ce n'est pas comme s'il allait engager un top-modèle de type caucasien venant tout droit de San Francisco pour devenir son financier. Nous avions besoin de quelqu'un à l'intérieur et c'était la seule manière de s'infiltrer.*

— *Tu joues les James Bond quand tu n'enfiles pas ton masque de racoleur ?* Est-ce que tu prends ton pied ? À jouer les espions ?

— *Non, vociféra Jude.* Je ne prends pas mon pied. C'est difficile et c'est dangereux, si tu veux tout savoir. Mais ça n'en reste pas moins une *mission.* J'agis pour mon pays et je fais le nécessaire, exactement comme tu le faisais lorsque tu en avais quelque chose à foutre.

Le coup fortuit glissa sur Hutch. On l'avait traité de tous les noms, autant de lâche que de sale traître, lorsqu'il avait quitté l'Agence. Mais la colère de Jude le réjouissait. Cela lui plaisait de savoir qu'il avait causé à Jude un peu de peine en retour.

— *Est-ce que tu es gay au moins ? Ou juste un bon acteur ?*

Jude fut pris d'un sombre ricanement.

— *Personne ne peut être un aussi bon acteur*, Hutch. Seigneur.

Jude avala une profonde goulée d'air et reprit calmement la parole.

— *Ce n'était pas comme ça entre nous.* Je… j'ai lu ton dossier. Avant la mission. Je connais tes états de service. Je t'admire beaucoup, tu sais. Deux Purple Heart [5] et une médaille d'honneur. Tu as tenu le coup face à…

Il s'interrompit, pinçant étroitement ses lèvres comme s'il retenait ses mots.

— *Merde, tu es une vraie légende.*

Quelque chose avait dû lui être hurlé dans l'oreille, puisqu'il grimaça légèrement et posa sa main dessus l'espace d'une seconde. Son visage

5 Médaille militaire américaine, décernée au nom du président des États-Unis, accordée aux soldats blessés ou tués au service de l'armée

s'affaissa. Hutch se demandait qui était à l'autre bout du fil. Le coordinateur de la mission de Jude ? Ou était-ce l'ancien ennemi juré de Hutch, Bormer en personne ?

— *Ouais. Je suis sûr que tu m'admires beaucoup, répliqua Hutch avec sarcasme. Tout comme j'ai beaucoup d'admiration pour toi.*

Jude cligna doucement des yeux.

— *Je suppose que je le mérite.*

— *Bordel, évidemment que tu le mérites. Mais tu sais quoi ? Je me fous de ce que tu penses de moi,* bizarre, non ? Ça n'a plus vraiment d'importance.

— *Ça n'en a plus ?*

— *Non, plus aucune, répondit vivement Hutch. Et pour en revenir à la mission... comment suis-je supposé te faire confiance au sujet de Bishara ?* Parce que je n'y crois pas une seconde. Tu imagines un peu ça ? Une pédale qui donne des fonds à ISIS ? Comment est-ce que ça fonctionne, exactement ?

Jude expira un soupir agacé.

— *Ce n'est pas comme ça qu'il se voit. Il a une femme, des enfants,* mais il s'amuse avec des hommes. Il pense que c'est une sorte de jeu de pouvoir.

Il hésita.

— *Une fois, il m'a dit que soumettre et baiser un homme servait à démontrer la virilité d'un autre. Tu n'imagines même pas les stratagèmes que ce genre d'hommes utilisent pour excuser ce qu'ils font. Le déni n'est pas qu'une rivière en Égypte* [6], *après tout.*

Son ton était plein d'ironie et de dégoût. Jude n'aimait définitivement pas ce Omar Bishara. *Soumettre. Baiser.* C'était ce que Bishara avait fait à Jude. Ce que Jude l'avait *autorisé* à faire pour le bien de la mission. Et d'après l'expression sur son visage, Jude en avait haï chaque seconde.

C'était aussi ce qu'il avait laissé *Hutch* faire. Jude le détestait-il, lui aussi, en dépit de ce qu'il lui avait dit ? Cette seule pensée lui donnait envie de vomir.

Le regard de Jude se riva au sien et il se releva soudainement de sa chaise, s'approchant de Hutch avec ses mains tendues devant lui.

— *Je te l'ai dit, ce n'était pas comme ça entre nous.*

6 Référence au Nil, en Égypte. Expression servant à montrer qu'une personne est dans un état psychologique proche du déni et attribuée à Marc Twain.

Hutch s'était détendu et avait baissé son arme. Il la releva brusquement.

— *Rassieds-toi immédiatement.*

Jude s'arrêta à seulement trente centimètres de Hutch. Il déglutit et leva les mains.

— *C'est juste moi.*

— *Assieds-toi, putain.*

Jude retourna à sa chaise et s'y installa. Il avait l'air résolu. Lorsqu'il releva de nouveau les yeux vers Hutch, le bleu de ses iris était empreint de froideur.

— *OK. Tu me détestes. J'ai bien compris. Allons droit au but dans ce cas. En bref, on a besoin de toi pour cette mission.*

Ses mots étaient plats, mais il regardait les alentours. Que cherchait-il ? Il se redressa une nouvelle fois et s'avança vers le bureau de Hutch. Ce dernier garda le canon pointé sur Jude, mais il ne tenta pas de le stopper. Ce n'était pas comme s'il allait l'attaquer avec une agrafeuse ou un crayon de toute façon. Jude s'empara d'un stylo et d'un bloc-notes, l'ouvrit et regarda Hutch.

— *Je te le répète, nous avons besoin de toi pour cette mission, Hutch,* réitéra Jude tandis qu'il notait quelque chose.

Il tourna le bloc vers lui et le lui montra.

Il y était écrit : *Ne m'écoute pas. Fais semblant d'accepter. Joue le jeu. Et disparais.* Les yeux de Jude étaient empreints de franchise lorsqu'il les riva sur Hutch. Il déchira silencieusement le morceau de papier et jeta le tout dans le feu.

Le ventre de Hutch se noua. À quoi jouait Jude, bordel ? Était-ce un double bluff ? Un triple bluff ? Ou Jude essayait-il légitimement de le prévenir ? Mais quel intérêt pour l'Agence aurait eu Jude à le supplier de ne *pas* entreprendre cette mission ? Si un plan se cachait derrière tout ça, Hutch n'arrivait pas à voir lequel, à moins que ce stratagème ait pour objectif de lui faire faire de nouveau confiance à Jude. Mais à quoi cela leur servirait-il si Hutch finissait par disparaître ?

— *Alors ? fit Jude.*

Hutch se rappela qu'ils devaient continuer de parler. Il le regarda de travers.

— *Il faut que j'en sache davantage. C'est quoi l'installation dont il est question ? Combien d'hommes de main ? De systèmes d'alarme ? Est-ce que l'Agence va m'apporter le moindre appui ? Ce serait pour quand ? J'ai besoin de plus de données.*

Jude opina, comme s'il était d'accord avec ce que disait Hutch.

— *J'y serai. Nous allons passer le week-end ensemble dans une villa dans la région côtière de Rio.* Nous te fournirons l'adresse et l'heure en temps voulu. Il te faudra t'y infiltrer, t'occuper d'Omar et quitter les lieux, et tu dois le faire seul, sans le moindre soutien de quiconque. Je ne peux pas le droguer, parce que cela risque de se voir à l'autopsie. Ça ne se passera pas chez lui. L'endroit appartient à un de ses amis, mais je crois que ce n'est pas la première fois qu'il l'utilise pour ce genre d'activités. Je n'y ai moi-même jamais mis les pieds, mais je ne pense pas que la défense des lieux soit quelque chose de primordial. Il a toujours des gardes du corps avec lui, néanmoins. Pour le paiement, ça tournerait autour du million de dollars, prêt à être transféré sur le compte bancaire de ton choix après que le tir aura été confirmé.

Hutch s'esclaffa presque. L'offre était tellement inconcevable. Il n'allait pas se rendre au Brésil tuer quelqu'un pour un gros chèque, peu importe à quel point ce gars pouvait être salaud ou à quel point la paie était bonne. Mais le plus bizarre dans toute cette histoire, c'était que Bormer devait le savoir. Il savait que Hutch n'était pas quelqu'un qu'on séduisait avec un peu d'argent. Ce qui voulait dire que Bormer pensait avoir quelque chose contre Hutch. Mais il n'avait rien. Plus maintenant. C'était justement grâce à cela que Hutch avait réussi à partir, en premier lieu.

Il prit le bloc et le stylo des mains de Jude et écrivit : *Comment m'ont-ils retrouvé ?*

Jude le lut, reprit le bloc et gribouilla à son tour. Pendant ce temps-là, il continua de raconter à Hutch son baratin au sujet de l'importance de la mission, de l'absolue nécessité de sa participation, pour le micro. Seigneur, il était un véritable expert en mensonges. Cela lui faisait carrément tourner la tête.

Jude lui tendit le bloc-notes. *Logiciel de reconnaissance faciale. Photo de la patrouille de ski sur le Net.*

Bordel de merde. Hutch avait été si prudent afin qu'aucune photo de lui ne circule. Pourtant, quelqu'un devait en avoir fait une plutôt nette pendant qu'il était en service et l'avoir postée sans qu'il en ait connaissance. Dans le monde des selfies, de l'Insta-gratification et du Twitt-brain, il devenait vraiment compliqué de garder un certain anonymat.

— *Alors, qu'est-ce que tu en penses, Hutch ? On peut compter sur toi ? demanda Jude avec assurance.*

Hutch marqua une hésitation. Il avait une forte envie de dire à Jude et aux hommes de l'Agence derrière le micro d'aller se faire foutre. Mais il avait toujours en tête les mots écrits de la main de Jude. *Fais semblant d'accepter. Et disparais.*

Jude le scruta, dans l'expectative, un froncement de sourcils qui pourrait s'apparenter à de l'inquiétude sur le visage.

Hutch expira lentement.

— *Il me faut une preuve que ce Bishara est bien celui que vous prétendez qu'il est. Et en admettant que ce soit la vérité, je m'y collerai. Dites-moi seulement où et quand.*

— *Tu es un brave type, dit rapidement* Jude.

Il opina dans sa direction, sa bouche close dans une ligne serrée. Il déposa discrètement le bloc et le stylo sur le manteau de la cheminée.

— *Nous resterons en contact.*

Jude gagna la porte d'entrée et Hutch lui emboîta le pas. Il ramassa la doudoune de Jude et la lui lança. Celui-ci l'attrapa au vol et agrippa son poignet. Avant que Hutch ne puisse réagir, la poigne de Jude se desserra et se figea pour lui montrer qu'il ne craignait rien de lui.

Hutch ne leva pas la main sur lui et ne se dégagea pas non plus. Mais cela ne l'empêcha pas de le foudroyer du regard pour lui faire comprendre que cela ne lui plaisait pas du tout. Doucement, Jude leva sa main libre et la posa sur la joue de Hutch. Il aurait facilement pu se libérer et il aurait dû le faire. Mais il voulait savoir ce que Jude allait faire ensuite. C'était ce qu'il se disait pour apaiser sa conscience.

Ce qu'il fit fut la chose suivante : il s'approcha un peu plus et posa sa bouche sur la sienne. Sa surprise fut telle que Hutch se paralysa sur place. Le baiser n'avait rien de profond. C'était une pression désespérée de lèvres scellées. Lorsque Jude s'éloigna, son visage était franc. Hutch n'arrivait pas à définir ce qu'il lisait sur ses traits – du regret, du chagrin. Une pellicule de sueur s'attardait sur les tempes de Jude. Cela capta son attention et l'embrouilla. Jude n'était pas du genre à transpirer, même lorsqu'ils partageaient des étreintes à en faire trembler la tête de lit, alors pourquoi maintenant ?

Son regard remonta vers les yeux de Jude et ce dernier les ferma, les narines frémissantes, comme s'il retenait quelque chose.

Il regarda Hutch.

— *Pardonne-moi, murmura-t-il.*

Puis il enfila son manteau et tourna les yeux vers la porte.

Hutch tapa le code et le laissa sortir.

Chapitre Sept

Après que Jude s'en fut allé, le monde extérieur se figea. Hutch garda un œil sur l'avant et l'arrière de la maison pendant un moment, l'adrénaline coulant toujours à grandes pompes dans ses veines. Il finit par se morigéner lui-même pour ce comportement. Il avait gagné un peu de temps en disant qu'il acceptait la mission. Ils ne reviendraient pas vers lui immédiatement. En outre, il devait réfléchir, élaborer un plan d'action.

Fais semblant d'accepter. Et disparais. Tel avait été le conseil de Jude. De bien sages mots pour un homme passé maître dans l'art de la tromperie.

De quel côté était Jude exactement ? Il travaillait de toute évidence pour l'Agence et avait accompli sa mission avec succès. Pourtant, ce n'était pas l'impression qu'il avait donnée en lui faisant passer ces messages non verbaux. Non pas que Hutch lui fasse assez confiance pour tout parier là-dessus.

Le fait était que cela ressemblerait bien aux méthodes de l'Agence de forcer la main de quelqu'un comme Jude. Bordel, c'était pratiquement leur mode opératoire.

La première fois que Hutch avait été affecté à l'Agence en 2008, cela lui avait paru être une bonne chose. Il était dans le MARSOC à l'époque, la branche des opérations spéciales de la Marine. Quelques équipes tactiques très respectées comme celle de Hutch avaient été transférées au *Homeland Defense Corp*. Grâce à la « guerre contre le terrorisme » de Bush en réponse aux attentats du 11 septembre, le HDC avait vu le budget qui lui était attribué et l'attention que lui portait le Bureau ovale s'accroître d'un seul coup. Les internes l'appelaient « l'Agence » simplement pour éviter de malencontreux risques d'exposition. Le HDC se faisait le plus discret possible pour passer sous le radar.

L'Agence opérait en grande partie à l'étranger et s'occupait dans le plus grand secret des menaces terroristes, pas forcément de la manière la plus légale imaginable. Ils étaient pour le département de la Sécurité intérieure ce qu'étaient les crocs chez un chien. L'Agence organisait des opérations tactiques, avec des escadrons militaires tels que celui de Hutch et du Renseignement, un département spécialisé dans la récolte d'informations et l'infiltration. Cela avait été un bon poste, les premières années. L'équipe de Hutch faisait partie des hommes qui allaient directement sur le terrain. Puis, un jour, l'Agence avait acquis un nouveau directeur : le Général Ted Bormer, et tout avait commencé à merder.

Bormer rappelait à Hutch un chic rasoir au manche nacré, du même genre que son grand-père utilisait autrefois. Il y avait, chez Bormer, un vernis à l'ancienne d'utilitarisme, un masque de la vieille garde. Mais ce qui se cachait derrière, c'était bien une lame affûtée, un tueur sans la moindre pitié. Bormer était le type d'homme qui croyait encore à des excuses telles que « dommages collatéraux » ou « la fin justifie les moyens » ou encore « protéger les États-Unis d'Amérique envers et contre tous ».

Y croyait-il vraiment ? Bon sang, ces propos *guidaient* carrément Bormer dans sa présidence. Lorsqu'il s'agissait de protéger les États-Unis contre le terrorisme, il n'était rien de plus qu'un fanatique, un pur conservateur dans toute sa folie. Et il se fichait bien de la manière dont ses ordres étaient appliqués.

Bormer avait introduit la manipulation dans l'Agence. Il avait amené avec lui les techniques d'interrogatoire les plus brutales et la torture. Bien heureusement, cela n'avait jamais été du registre de Hutch de s'occuper des prisonniers, mais il avait entendu les rumeurs. La pire chose que Bormer avait initiée, néanmoins, restait encore le *chantage*.

Tous ceux de son équipe – Randy, Moby D, Gorshen, Freddie et Hopper – avaient eu leurs petits entretiens personnels avec Bormer, et ils en étaient tous ressortis furieux. Lors de celui de Hutch, on lui avait montré un dossier rempli de photos de sa mère et de sa sœur de seize ans. Elles vivaient toutes les deux à Fort Worth, là où sa sœur faisait ses études et où sa mère travaillait comme réceptionniste médicale. C'était censé rappeler à Hutch qu'il devrait obéir à tous les ordres qu'on lui donnerait afin qu'elles restent à l'abri. À l'abri de quoi ? Des terroristes, c'était ce qu'on leur disait. Mais il y avait quelque chose de plus sombre là-dessous. Une menace bien plus personnelle.

Hutch n'avait pas voulu y croire. Il en avait discuté avec les autres gars, tous sceptiques, et ils avaient pensé d'un commun accord qu'on se jouait d'eux. Ce n'était pas ainsi que l'armée américaine fonctionnait. Bormer était peut-être un gros con et un bourreau, mais il ne s'attaquerait pas à des civils, à des Américains.

C'était ce que Hutch pensait, jusqu'à cette mission à Khafji, l'été de l'année 2013.

L'OBJECTIF de la mission était de faire disparaître une petite cellule terroriste à Khafji, en Arabie Saoudite, qui recrutait et endoctrinait de jeunes Saoudiens avant de les envoyer dans les camps d'entraînement de l'ISIS en Irak. Avant qu'ils ne quittent le QG, Hutch avait été averti par le centre de commandement que Bormer en personne fliquait la mission. On lui avait dit que Bormer voulait faire passer un message clair aux autres recruteurs terroristes, que cela allait être un coup dur pour eux. Il fallait qu'ils gardent tous la tête froide, car aucun problème ne devait survenir, c'était ce qu'on lui avait expliqué.

Puis, son équipe avait finalement pris d'assaut le domaine. Ils s'étaient débarrassés des cinq gardes et s'étaient introduits à l'intérieur. Une fois entrés, ils y avaient trouvé une douzaine de femmes et d'enfants, ainsi que trois hommes qui avaient l'air de ressortissants saoudiens. Les hommes s'étaient immédiatement rendus en baissant leurs armes. Ils étaient d'âge mûr, probablement les leaders de l'opération, les entraîneurs, les recruteurs.

On avait ordonné à Hutch, via son oreillette, de les éliminer.

Il n'avait pas apprécié et avait informé le centre de commandement que les hommes en question avaient été désarmés et immobilisés, et qu'ils étaient prêts à être emmenés pour être interrogés. Mais l'ordre avait été répété. Hutch s'était souvenu des avertissements précédant la mission, selon lesquels Bormer voulait faire passer un message. Et ces hommes avaient recruté et entraîné de jeunes hommes à devenir des terroristes. Ils avaient du sang sur les mains. Beaucoup de sang.

Hutch avait relayé l'ordre. Moby D et Gorshen étaient les plus doués de son équipe. Il leur avait ordonné d'emmener les trois hommes dans une petite pièce adjacente et les avait fait abattre. Hutch pouvait encore entendre l'écho de ces coups de feu et les hurlements de panique des femmes et des enfants qu'ils avaient rassemblés dans une des grandes chambres.

Ce fut à ce moment-là que tout avait commencé à déraper. Il était en compagnie de six femmes, probablement les épouses et les filles de ces hommes, et de huit enfants, des nouveau-nés et de jeunes adolescents. Lorsque Hutch avait déclaré que les trois hommes avaient bien été tués, on lui avait donné l'instruction d'en finir avec les femmes et les enfants également. Jusqu'au dernier.

Hutch avait aussitôt refusé.

— *Négatif. Ce n'est pas nécessaire, avait répondu* Hutch dans son micro après un seul petit instant de silence.

— *Brazen Three*, vous procéderez comme on vous l'a ordonné.

— *Monsieur, les civils et les lieux ont été fouillés. L'ensemble des armes a déjà été confisqué et toute menace neutralisée.*

— *Ce n'est pas la question.* Capitaine Todd, ce sont des ordres directs. Faites ce qu'on vous dit !

Hutch avait retiré son oreillette et s'était rendu dans la chambre là où Randy et Freddie surveillaient les femmes et les enfants. Aussitôt, les femmes avaient commencé à l'implorer en arabe. Leurs mots étaient indéchiffrables, mais leurs expressions hystériques et apeurées étaient suffisamment claires. Certains enfants étaient en train de pleurer. D'autres s'accrochaient aux femmes ou tentaient de se cacher derrière elles. Un jeune garçon, de trois ans tout au plus, avait rivé sur Hutch ses grands yeux noirs. À bout de bras, il portait deux nouveau-nés.

La scène de ce qui *pourrait se passer* avait défilé dans sa tête. Hutch ordonnerait à ses hommes de tirer. Ils emmèneraient tout le groupe dans le jardin. Eux six – parce que Hutch ne pouvait définitivement pas demander à ses hommes de faire ça s'il ne participait pas lui-même – videraient leurs chargeurs dans la chair tendre. Ils le feraient, mais ils n'oseraient plus le regarder en face ensuite. Ils lui en voudraient, ils perdraient tout respect à son égard. De la même manière qu'il perdrait tout respect pour lui-même.

Non. Cela n'arriverait pas.

— *Quels sont les ordres ? demanda Randy.*

Hutch n'avait pas eu envie de leur dire ce qu'on lui avait sommé de faire. Il avait laissé Randy le déchiffrer sur son visage. Les yeux de Randy s'étaient plissés d'incompréhension. Hutch avait secoué la tête. *Ce n'était pas près d'arriver.*

Le transmetteur de Hutch avait vibré dans sa poche et il s'était abrité dans un couloir pour le consulter. Cela lui avait pris un moment pour comprendre ce qu'il voyait sur l'écran de l'ANP [7]. C'était un cliché de sa sœur, Jenny, en train de discuter avec un ami à la sortie de son lycée à Fort Worth. La photo était dans un noir et blanc verdâtre et elle était découpée par un viseur planté sur sa poitrine. Elle avait été prise depuis la lunette d'un sniper.

Le sang de Hutch s'était glacé dans ses veines. Là, debout dans le couloir de cette maison à Khafji, en Arabie Saoudite, il avait fixé la photographie de sa sœur dans une ligne de mire à Fort Worth, au Texas. Il avait été incapable de comprendre pleinement. Il avait su ce que c'était, bien sûr : une menace, un *encouragement* à faire ce qu'on lui avait dit d'accomplir, exactement de la même manière que pendant cet entretien avec Bormer.

Mais même à ce moment-là, *même à ce moment-là*, Hutch n'avait pas réussi à y croire. Ils n'allaient pas *vraiment* abattre sa sœur, une jeune Américaine de seize ans à peine, si ? Ces conneries ne pouvaient pas être vraies. Pourquoi le feraient-ils ? Parce que son frère avait refusé de forcer son équipe à exécuter des femmes et des enfants ? Non. Impossible. C'était du bluff. Bormer bluffait. Et c'était un grand malade en plus d'être un petit merdeux.

Hutch était retourné dans la pièce et avait observé les otages. Il les avait dévisagés un à un pendant un long moment, ne considérant pas vraiment de tous les massacrer, pas exactement, mais se demandant simplement s'il pouvait le faire. Il avait finalement décidé qu'il pouvait, mais qu'il n'arriverait pas à vivre avec lui-même après.

---

7 De l'anglais « PDA » : appareil numérique portable

Il avait regroupé ses hommes, informé le centre de commandement qu'ils se retiraient et ils étaient repartis, reprenant la route vers l'obscur voisinage pour se rendre au point de rendez-vous avec l'hélico.

Sur le vol du retour, un silence lourd avait régné dans l'appareil. L'extraction constituait toujours un moment de réflexion sur la manière dont la mission avait été accomplie. Ils pouvaient faire preuve d'exubérance. Ils pouvaient se retirer en sang et brisés. Ils pouvaient se montrer sinistres, surtout s'ils avaient perdu quelqu'un. Ce jour-là, ils s'étaient montrés tendus. Hutch avait su qu'ils n'étaient pas emballés à l'idée qu'on leur ait ordonné d'abattre les trois hommes au lieu de les prendre comme prisonniers. Mais plus que tout, un malaise avait plané, comme s'ils avaient su que quelque chose s'était mal passé, mais qu'ils ne savaient pas quoi.

Randy était le meilleur ami de Hutch. Il avait compris que quelque chose d'atroce avait été ordonné dans son casque et il avait fixé Hutch d'un regard interrogatif. Toutefois, il ne lui avait pas posé la moindre question, pas devant les autres. Hutch, lui-même, n'avait pas su quoi penser. Mais, bordel, qu'est-ce qu'il avait pu être *en rogne*.

Lorsqu'ils avaient enfin atterri à la base de Masirah, il s'était attendu à être immédiatement emmené pour un débriefing et une remontrance. Peut-être même qu'il serait rétrogradé. Il avait été prêt à accepter les conséquences de ses actions et à leur balancer en retour leurs quatre grosses vérités, à leur dire sa façon de penser au sujet de ces saloperies. Putains de manipulateurs. Il n'avait pas regretté de s'être retiré. Il n'y aurait pas eu moyen qu'il tire sur des femmes et des gosses. Il avait déjà vu ce genre de choses – avait déjà vu les corps éparpillés par un engin explosif qui ne faisait pas de discrimination. Si c'était ce qu'ils attendaient de lui, dans ce cas, ils pouvaient bien disposer de sa démission et de sa pension avec.

Néanmoins, lorsqu'ils étaient arrivés à la base, personne n'était venu les accueillir à la sortie de l'hélicoptère et personne n'était venu les stopper sur le chemin en direction de leurs quartiers temporaires. N'ayant pas eu envie de parler à quiconque, même pas à Randy, il avait mangé un sandwich en passant et était allé se rafraîchir. Il y avait eu un poids sur ses épaules, comme si quelque chose avait été sur le point de se briser. Et sans la moindre réunion pour discuter de la mission, sa colère était devenue plus amère et importante.

Ce fut seulement après sa douche qu'il avait enfin reçu des nouvelles. Sa mère avait à peine pu prononcer un mot sans éclater en sanglots. Sa sœur, Jenny, était morte. Elle avait été percutée juste à la sortie de son lycée par un chauffard qui avait pris la fuite. La police n'avait pas retrouvé le conducteur.

Après ce fameux jour, l'Agence était passée sur la liste noire de Hutch. Ils en avaient conscience, mais ils prétendaient ne rien savoir. Bormer aussi. Mais à l'époque, ils avaient encore eu de quoi faire pression sur lui – sa mère. Alors, ils avaient tous joué leur petite comédie. L'Agence avait prétendu que la sœur de Hutch avait été tuée lors d'un malencontreux accident, lui donnant une permission le temps d'assister aux funérailles, son commandant empreint de compassion à son encontre. Et Hutch avait fait comme s'il y croyait et qu'il n'avait pas eu envie de leur exploser la figure. Puis les membres de l'Agence, d'autres soldats, des internes, s'étaient mis à le regarder avec pitié, crainte et effroi.

Ensuite, il avait réalisé que ce jour à Khafji avait été la manière de Bormer de faire passer un message. Un exemple avait été fourni.

Hutch avait servi d'exemple.

Vous pensez que ce n'est que du bluff ? Regardez un peu ce qui vous arrivera si vous ne suivez pas les ordres. Bormer s'était servi de Hutch pour affermir sa main de fer sur l'Agence. Cela n'avait été que des rumeurs, bien sûr. Mais la peur de ce qui pourrait arriver était suffisante pour que les gens obéissent à Bormer sans poser plus de questions.

Par la suite, Hutch n'avait pas dit un seul mot et s'était mis à patienter. Tout avait alors commencé à se dégrader après, même son amitié avec Randy.

— *Je comprends que tu veuilles tout arrêter, Hutch. Mais ces conneries ne vont plus durer très longtemps,* avait soutenu Randy de sa voix raisonnable la plus irritante.

— *Et c'est censé vouloir dire quoi ?*

— *Que tôt ou tard, quelqu'un va découvrir qui est vraiment Bormer et qu'il sera renvoyé. Et quand ce jour viendra, je me tiendrai là à applaudir jusqu'à en avoir mal aux mains, putain.*

— *Mais ça pourrait prendre des années.* Et il n'y a aucune garantie que le prochain sera mieux. Non. J'en ai terminé. Le système a laissé Bormer aller jusque-là et a de toute évidence soutenu sa prise de fonction ici. Ce n'est pas pour ce type de gouvernement que je veux bosser.

— *Mais tu ne peux pas en être sûr.* À propos de Jenny. Si tu avais des preuves…

C'était exactement le problème. Si Hutch pouvait prouver sans le moindre doute que Bormer avait ordonné la mort de Jenny, il serait tenté de se rendre dans le bureau de Bormer avec un calibre .45. Mais la police n'avait jamais retrouvé le chauffard de la voiture du délit. Et Hutch ne pouvait pas être sûr. Il le savait, mais il n'avait aucune *certitude*.

Pire encore, Randy n'en était pas sûr. Il avait secoué la tête, comme s'il savait à l'avance que ce serait inutile d'essayer de l'en empêcher.

— *Tu aimes autant servir que moi. Et tu es à plus de la moitié de tes années de service, déjà.* Ne laisse pas un seul merdeux de psychopathe t'enlever ça, mon vieux. Pour qu'il soit foutu à la porte, il faudra d'abord que nous gardions la tête basse. Les missions comme à Khafji, ça ne peut pas se reproduire.

Hutch ne blâmait pas Randy, pas vraiment. Déjà, parce que l'Agence avait la tête de son ami dans le viseur aussi. Randy était l'aîné d'une fratrie de cinq et ses deux parents étaient encore vivants. C'est sûr qu'ils avaient de quoi l'intimider. En outre, il comprenait ce que Randy voulait dire lorsqu'il disait que Bormer était une aberration à leur métier. Mais toute la foi qu'avait Hutch envers l'armée américaine était morte avec Jenny.

Ça ne s'oublie pas, ça ne se pardonne pas.

Randy et lui avaient arrêté de traîner ensemble. Hutch avait cessé de traîner avec quiconque, en fait. Il faisait son boulot. Il la fermait. On ne lui avait jamais plus demandé d'abattre des civils.

Deux ans plus tard, un cancer du sein avait emporté sa mère. Il avait alors immédiatement tenté de démissionner. *Tu ne quitteras pas l'Agence*, lui avait-on dit de but en blanc.

Alors, il avait déserté et disparu. Il s'était créé une toute nouvelle identité et une toute nouvelle vie.

Et maintenant qu'ils l'avaient retrouvé, c'était pour tenter de le traîner à nouveau dans la même merde. Mais ce n'était pas vrai, n'est-ce pas ? Ce n'était pas une mission pour l'Agence. Il était supposé agir comme s'il était en solo pour que l'Agence ait la possibilité de nier toute implication. Encore plus de manipulations.

Mais Jude… La question était : qu'avaient-ils sur Jude ? Il semblait sincèrement penser qu'il était important de se débarrasser de ce Bishara. Alors, à quoi avait-on dû le contraindre pour qu'il accepte d'effectuer la mission ? L'était-il vraiment ? Ou était-il entièrement loyal à l'Agence ? Il n'en avait clairement pas donné l'impression.

Hutch riva ses yeux sur le lit et sur son sac, celui qu'il était en train de maltraiter avant que Jude ne se montre. *Rassemble tes affaires. Sors de là. Disparais.*

Puis merde. Quel que soit le deal qu'avait Jude avec l'Agence, ce n'était pas son problème. Il allait s'en sortir. Le voyage jusqu'au Brésil était long. Il y aurait plus d'une occasion de se tirer. Ou même lorsqu'il serait arrivé sur Rio. Il n'y avait pas de ville dans laquelle il était plus facile de disparaître qu'à Rio. Et la chaleur tropicale là-bas ne lui ferait pas de mal après l'Alaska. Il pourrait obtenir une nouvelle identité. Repartir de zéro. Jude pouvait bien aller se faire voir.

Tu sais bien quel moyen de pression ils utilisent contre Jude. Il te l'a dit. Merde, tu as même vu la photo.

L'idée même fit frissonner Hutch. Était-ce pour ça… ? Lindy, la fille de Jude… Était-ce pour ça que Jude lui avait parlé d'elle ? Avait-il essayé de lui faire passer un message ?

Mais peut-être que cela aussi, c'était du bluff. Hutch ne pouvait pas croire un seul mot étant sorti de la bouche de l'autre homme. La fille sur cette photo n'était probablement même pas la sienne. De toute façon, ce n'étaient pas ses affaires.

Ouais, mais la môme lui ressemblait comme deux gouttes d'eau. Elle avait les mêmes cheveux noirs et les mêmes yeux bleus, et quant à la forme de son visage… Même les meilleurs monteurs de l'Agence auraient été incapables de transformer ses traits stupidement parfaits en ceux d'une jeune fille et faire en sorte que cela soit aussi convaincant.

Cela n'avait pas d'importance. Jude en personne lui avait dit de se tirer. Et c'était exactement ce qu'il comptait faire.

Il commença à se préparer. Il planqua quelques vieux souvenirs et bouquins dans les murs du chalet, au cas où il reviendrait un jour ici pour les récupérer. Il remplit un seul sac. Il ne pouvait pas aller vérifier en ligne ses comptes en banque et tout le reste puisqu'ils avaient sûrement déjà piraté son réseau Wi-fi. Il mit le reste de son liquide dans la doublure de son bagage à main et réfléchit à l'endroit où il aimerait disparaître. La Floride, peut-être. Ou sinon, toujours Rio.

Il fit passer les draps du lit à la machine. Si seulement c'était aussi facile de faire disparaître Jude de son esprit.

Ils revinrent au crépuscule. Cette fois-ci, ce furent deux jeunes de la Marine qui vinrent à sa rencontre. Ils remontèrent son allée dans une jeep militaire. Hutch les regarda faire à travers le carreau, les armes dressées, mais il savait à quoi s'attendre cette fois. Lorsqu'ils descendirent de la jeep désarmés et qu'ils avancèrent jusqu'au porche, il leur ouvrit la porte, l'arme au poing.

Ils le saluèrent.

— *Monsieur, dit l'un d'entre eux.*

Il tendit une enveloppe grise que Hutch accepta. Les Marines tournèrent immédiatement les talons, rentrèrent dans l'habitacle de leur véhicule et s'en allèrent.

Hutch ferma la porte et réactiva l'alarme. Il décacheta l'enveloppe.

À l'intérieur, il y avait un paquet contenant des billets d'avion. Un aller simple. De Fairbanks à Seattle et d'Orlando jusqu'à Rio, souscrit en son nom – ou plutôt au nom de son identité actuelle : Harold Loran. Ce billet avait même été acheté avec la carte de crédit d'Harold. Un jet privé s'envolait demain matin pour l'emmener à Fairbanks. Il y avait également un accusé de réception pour une réservation dans un hôtel à Rio. On lui donnerait plus d'instructions là-bas, a priori.

Puis, il y avait un dossier sur Bishara. D'un rapide coup d'œil, Hutch put déterminer que la description de Jude de l'homme était juste. La méfiance était de rigueur avec Bishara – drogue, kidnapping, trafic de jeunes femmes et de gamins, lié au financement d'activités terroristes, suspecté d'être impliqué dans une demi-douzaine de meurtres et de violentes agressions. Sa photo révélait un homme dans le début de la quarantaine, des cheveux bruns et une moustache, grand et séduisant, mais glacial. S'il le voulait, il pourrait certainement se faire passer pour l'homme que Hutch avait vu dans le chalet, même si celui-là n'avait en fait été qu'un acteur en fin de compte.

La dernière chose se trouvant à l'intérieur de l'enveloppe était un paquet de photos en 8 par 10 noir et blanc. Hutch hésita en les sortant. La première photo avait été prise à l'aide d'une caméra à longue portée et montrait Jude aux côtés de Bishara. Ils étaient dans ce qui semblait être un petit restaurant probablement brésilien, en pleine nuit. Les clichés n'étaient pas datés, mais Hutch supposait qu'ils devaient être plutôt récents. Ce Jude-là ressemblait fort à celui qu'il avait rencontré. Sur la première photo, ils étaient assis seuls autour d'une table et semblaient avoir tout juste terminé de manger. Bishara avait le nez rivé sur son téléphone et Jude était de profil, le visage tourné dans l'autre direction. Ils portaient tous deux les habits chics avec classe.

Hutch savait qu'il ne devrait pas regarder la suite. Il *savait* que c'était un jeu dangereux. Mais il ne pouvait pas s'en empêcher. Il fallait qu'il soit conscient du pire. Il se mit donc à parcourir la pile, les retournant les unes après les autres avec un dégoût qui ne faisait que s'intensifier.

Jude et Bishara quittant le restaurant. Ils ne se touchaient pas, mais ils étaient proches l'un de l'autre.

Jude et Bishara qui déambulaient dans les rues de la ville près de la plage. Bishara agrippant l'épaule de Jude d'une seule main.

Jude et Bishara sur une plage déserte au clair de lune. Bishara avait une main sur la gorge de Jude. Il se tenait tout proche, la posture agressive et menaçante.

Bishara mordant le menton de Jude dans cette même position, le maintenant par le cou d'une main et le pelotant à travers ses vêtements de l'autre. Jude ne paraissait pas lui opposer de résistance, mais son poing était étroitement serré à son côté. L'intimité se résumait à la domination, l'amertume et le sexe étant comparé à une perfide arme tranchante.

Hutch émit un hoquet. La photo était dérangeante – presque plus que si elle avait dévoilé Bishara en train de se faire Jude. Juste à sa manière de se tenir, Hutch pouvait discerner la férocité de son agression, il pouvait voir à quel point Bishara avait envie de Jude et à quel point il se haïssait de le désirer autant. Et Hutch connaissait bien le corps de Jude. Il le connaissait lorsqu'il vibrait de plaisir. Tous les traits figés de Jude sur la photographie communiquaient son dégoût et sa persévérance délibérée. Peut-être même sa peur.

Seigneur. Hutch sentit la bile lui monter à la gorge, chaude et amère. Il attrapa le lot d'images et le jeta dans le feu pour se débarrasser de son poison.

Bon Dieu. Ses yeux le brûlaient et étaient secs à la fois, comme s'ils avaient été bouillis dans leur orbite à la seule vue des photos. Mission ou pas, Hutch avait une grande envie de tuer Bishara, idéalement à mains nues. Et il avait envie d'en faire de même avec Bormer, cette vieille et dangereuse haine remontant à la surface aussi fraîche et acérée que jamais. C'était ainsi qu'ils traitaient des indics aussi précieux que Jude ? Ils les envoyaient se faire baiser et abuser pour une putain de mission ? Il avait bien envie de voir quelqu'un coincer Bormer sur son bureau et lui donner une petite leçon sur les risques qu'il était acceptable de prendre et ceux qui ne l'étaient pas.

Qu'arriverait-il à Jude si Hutch leur faisait faux bond ? Serait-il renvoyé là-bas ? Était-il déjà en route à l'instant même ?

Bluff. Double bluff. Triple bluff. Bormer est en train de te manipuler. Il savait comment tu réagirais à ces photos. Ne te laisse pas avoir…

Pendant de longues minutes, Hutch mena une lutte intérieure. Jude était un espion. C'était quelqu'un d'intelligent. Il avait choisi d'accepter cette mission. Hutch n'avait rien à voir là-dedans, surtout après sa trahison. *Mais et s'il y avait été forcé ? Et s'il ressentait véritablement quelque chose pour toi ?* Non. C'était un mensonge pathétique bon pour les faibles d'esprit. Il n'allait pas commencer à prétendre que Jude se souciait vraiment de lui. Jude avait certainement accompli une douzaine de missions comme celle avec Bishara en utilisant son physique pour récolter des informations. Tout comme il l'avait fait avec Hutch. C'était évident. *Mais, et si...*

Soudain, Hutch eut un déclic et le brouillard s'estompa. Il réalisa que tout ceci était simple, en fait. Il n'avait pas besoin de se demander si Jude avait ou non été une seule fois sincère, s'il était forcé à quoi que ce soit par l'Agence, s'il se fichait ou non de lui.

Peut-être que Jude n'avait tout simplement jamais voulu de lui. Peut-être que Jude n'avait pas de même, après tout. Peut-être qu'il faisait ce qu'il faisait pour l'argent. Peut-être que Jude était encore en train de se jouer de lui la dernière fois qu'il était venu. Si c'était le cas et que Hutch lui courait après, alors, là, oui, il pouvait se considérer comme le plus gros nigaud de tous les temps.

Mais la chose importante là-dedans était qu'*il ne pouvait être certain de rien.* Et s'il y avait une toute petite chance que Jude ait été une unique petite seconde franc quant à ses sentiments et qu'il avait, en fait, bien essayé de l'aider en lui disant de disparaître, alors Hutch se devait d'agir. Parce que Jude se promenait là-dehors avec une cible dans le dos et sans le moindre soutien.

Nous allons passer le week-end ensemble dans une villa dans la région côtière de Rio.

On ordonnerait certainement à Jude de s'occuper de Bishara lui-même si Hutch ne se pointait pas. Or, les chances qu'il en sorte vivant étaient minces. En outre, même si Jude survivait au meurtre en question et parvenait à s'échapper avant de se faire abattre par l'un des gardes de Bishara, il y avait fort à parier qu'il se fasse avoir par les autorités locales. Après tout, l'Agence avait besoin d'une bonne couverture, alors Jude serait sans le moindre doute jeté en pâture – Bishara, assassiné par son amant homosexuel – et envoyé dans une prison étrangère quelconque pour s'assurer qu'il ne l'ouvre pas. Hutch pouvait déjà voir tout le scénario dans sa tête comme un putain de film.

Jude n'était pas bête. Il l'avait certainement prédit lui aussi. Hutch se souvenait de cette pellicule de sueur sur son front. La dernière fois qu'il avait vu quelqu'un transpirer ainsi, c'était une jeune recrue alors qu'ils s'apprêtaient à effectuer une mission particulièrement pénible. Le gosse avait voulu se la jouer détendu, mais sa transpiration l'avait trahi. Plus tard, il avait confessé à Hutch qu'il avait été complètement terrifié. Il avait été certain de ne pas en réchapper.

Jude l'avait-il averti en sachant qu'il risquait sa propre mort ? Avait-il lui-même ressenti de la peur à cette idée ?

Peut-être. Ou peut-être pas.

Mais voilà ce que Hutch avait compris : il ne pouvait courir le risque. En trois jours seulement, il était presque complètement tombé amoureux de Jude Devereaux. Peut-être un peu plus que presque complètement. Et ces sentiments n'avaient pas disparu comme ils auraient dû. Pire, le pincement dans sa poitrine s'était ravivé. Parce que maintenant, il avait perdu Jude. Désormais, il se trouvait là-dehors, quelque part, peut-être même aux côtés d'un type grossier comme Omar Bishara auquel il devrait sourire et qu'il devrait satisfaire. Il se trouvait sûrement sur une mission qui allait entraîner sa mort.

S'il y avait la moindre petite chance que ce qui s'était passé dans ce chalet ait eu une part de vérité, alors Hutch ne pouvait pas laisser Jude effectuer cette mission tout seul.

Et c'était de cette façon que Bormer avait remporté la partie. Il avait Hutch dans son viseur. Encore une fois.

Le chantage.

Chaptitre Huit

JUDE Devereaux avait les yeux rivés sur la fenêtre de la Mercedes qui l'emmenait en direction de la côte de Rio. Sur la banquette arrière, il y avait une bouteille d'eau fraîche et un plateau de fruits, des crackers et du fromage. Bishara lui avait payé un vol en première classe jusqu'à Rio depuis San Francisco, en plus de ces friandises.

Ces aliments ressemblaient au dernier repas d'un condamné. Il était sur la route pour aller voir Bishara pour leur week-end dans la villa près de la mer. Et il avait sincèrement la trouille. Ce n'était pas le genre de crainte qui venait avec l'adrénaline, l'accélération du rythme cardiaque et les tremblements comme lorsque quelqu'un vous bondissait subitement dessus en hurlant « bouh ». Non, c'était une douleur lente qui lui glaçait les tripes, avec l'impression inquiétante d'un pressentiment. C'était de l'effroi qui se donnait un air de fatalité, comme un homme partant à l'échafaud.

Tandis qu'il observait le paysage s'effacer, il eut un sentiment bien ancré d'irréalité et de perte. C'était probablement la dernière fois qu'il prenait une voiture en tant qu'homme libre. C'était peut-être la dernière fois aussi qu'il voyait la campagne – un poulet sur le bord de la route, des panneaux de signalisation vers une foule de petites communes aux noms exotiques, la teinte d'abricot mûr du soleil suspendu haut dans le ciel surplombant une mer gris-bleu.

À moins qu'il soit vraiment très chanceux, d'ici quelques jours, il serait soit mort, soit en prison. Cependant, bien qu'il craigne le dénouement, il redoutait encore davantage les journées qu'il devait passer en compagnie de Bishara.

Cet homme était un dangereux modèle de contradictions. C'était lui qui l'avait courtisé – au mariage, lors du rendez-vous privé qu'ils s'étaient donné la semaine suivante, dans les e-mails et les quelques appels sur Skype. Mais en dépit de son charme de façade, un monde de ténèbres se cachait derrière. Et lorsqu'il avait embrassé Jude pendant leur « rendez-vous », cela n'avait pas été qu'un baiser. Il s'était efforcé de lui imposer sa domination, l'étranglant presque, mordant son visage, lui faisant mal. Le désir sexuel avait été accompagné par une lourde vague de noire colère.

Bishara était un salaud sadique et autoritaire. Le sexe allait de pair avec la violence, pour lui. C'était comme si en s'imposant et en étant infect, il rendrait l'acte d'une étreinte entre deux hommes moins gay, qu'il pourrait résumer cela à une course au pouvoir plutôt qu'à la simple naissance d'un profond désir. Il punissait Jude pour son excitation, son échec dans l'hétérosexualité. Son dégoût de lui-même et la rage bouillant à l'intérieur étaient palpables.

Bishara faisait comme si tout ceci n'était qu'un jeu pervers en insinuant que Jude le prenait ainsi aussi, qu'ils avaient les mêmes « goûts éclectiques ». Jude jouait le jeu. C'était son job de se rapprocher de cet homme, après tout. Mais cela ne l'empêchait de se retrouver sur la corde raide. Se rapprocher, mais pas *trop*. Flirter tout en gardant ses distances. C'était facile lorsqu'il s'agissait d'e-mails ou de conversations Skype. Mais le jeu de leurres prenait désormais fin. Ce week-end, Jude devrait se prêter à la comédie en personne. Il devrait jouer le jeu jusqu'à la mort de Bishara. Il avait toujours redouté cette perspective. Mais à présent, après son séjour chez Hutch, la seule idée de devoir laisser Bishara le toucher lui semblait odieuse.

Jude n'avait jamais eu honte de son travail avant. En fait, l'orgueil lui montait souvent à la tête et il en avait toujours été un peu trop fier. Ce n'était pas facile de faire ce qu'il faisait : mentir à des gens, prétendre être quelqu'un que vous n'étiez pas. Il fallait garder la tête froide en toutes circonstances. Il fallait toujours garder à l'esprit le but ultime de la mission. Il fallait aussi se garder dans un coin de la tête un jardin secret inviolé où vous pouviez toujours croire en la cause que vous souteniez pour pouvoir rester fidèle au personnage lorsque vous ne pouviez être « vrai » en rien dans votre environnement actuel. C'était ainsi qu'on s'accrochait à son intégrité.

Mais cette dernière mission avec Hutch ? Elle avait ressemblé à une embrouille dès le début. Il s'était déjà fait une idée sur Hutch grâce à son dossier, avait déjà été attiré par lui grâce aux photos et à son historique personnel. Et puis, Jude l'avait rencontré en chair et en os. Le capitaine Hutch Todd. Jude s'était complètement perdu dans le rôle qu'il jouait. Il était tombé raide dingue de lui pour de vrai et il avait sombré.

Le retour à la réalité, avec la colère et le dégoût de Hutch, avait été difficile. Jude n'avait toujours pas retrouvé son équilibre depuis. Pourtant, le voilà en route pour la mission la plus dangereuse de sa carrière, et le pire, c'était qu'il n'avait même pas envie d'être là. Il ne pouvait pas se permettre d'afficher une quelconque faiblesse ou de douter. Pas maintenant.

La voiture le conduisit jusqu'à la villa. Elle se trouvait sur une colline au milieu d'arbres fruitiers et de vignes et était ceinte par un mur assez haut envahi par les plantes grimpantes, coupé par un portail de sécurité en métal à l'air solide. Le conducteur resta assis et patienta le temps qu'ils soient examinés par la caméra de sécurité.

Jude toucha le bout de ses lunettes de soleil, comme s'il voulait les remettre à leur place. Heureusement, la photo que les lunettes prirent du portail ne fit aucun bruit, et un simple petit point rouge apparut au bord d'une de ses lentilles de contact.

On ouvrit le portail et ils furent autorisés à entrer. *Dans l'antre du lion.* Jude ne put s'empêcher de penser à Hutch et se demander comment il allait s'occuper de la sécurité ici.

Il ne viendra pas, alors ça n'a absolument aucun intérêt.

L'allée s'incurva sur un jardin mal entretenu. Bishara lui avait raconté que c'était « la maison d'un ami ». Qui que soit celui à qui appartenait cette villa, il ne devait pas accorder beaucoup de valeur à l'aménagement du paysage, c'était évident. Au vu des caméras de sécurité à l'air coûteuses et du portail coulissant, il était de toute évidence plus disposé à dépenser de l'argent sur ce qui comptait vraiment.

La villa se profila à l'horizon. Elle était de couleur pêche, moderne, immense et kitsch avec un style ornemental bien trop hispanique à son goût et sans la moindre touche d'élégance. Le cœur de Jude se coinça dans sa gorge. Il avait les mains moites, chose qui ne lui arrivait jamais. Il les essuya sur le pantalon crème de son costume en lin et se remémora le débriefing avec Sanders à Washington la veille.

— *Fais-nous parvenir les informations sur le système de sécurité et les gardes dès que tu as un peu de temps libre, lorsque tu seras bien installé. Tu ne porteras pas de micro vu qu'il y a des chances pour que Bishara te colle d'un peu trop près. Mai*s tu seras en mesure de nous les transmettre en utilisant ta liseuse et tes lunettes. Nous nous efforcerons de faire intervenir le capitaine Todd dans la nuit du samedi ou tôt dans la matinée du dimanche. Tu arriveras le vendredi, donc il faudra que tu trouves de quoi occuper Bishara jusque-là. Et vois aussi ce que tu peux découvrir sur cette nouvelle menace, *shabh*. Noms, adresses, ports, points de rendez-vous, la nature de la cargaison… tout ce que tu peux.

— *Et si le capitaine Todd ne se présente pas ?* demanda Jude.

— *Il viendra.*

Sanders paraissait en avoir la certitude.

— *Mais dans le cas où il ne serait pas là, prépare-toi à procéder seul le dimanche. Si j'étais toi,* je prierais avoir fait assez bonne impression auprès du capitaine Todd pour qu'il se pointe, Devereaux.

Le truc, c'était que Jude priait pour que Hutch ne se montre *pas*, pour qu'il disparaisse comme il le lui avait conseillé. Parce que même si le centre de commandement ne l'admettait jamais qu'à demi-mot – « *Laisse-nous nous charger du capitaine Todd. Fais simplement ce que tu as à faire.* » – Jude avait bien compris que Hutch allait se faire piéger. S'il tuait Bishara, quelque chose lui tomberait forcément dessus afin de s'assurer qu'il garde le silence. Peut-être feraient-ils une mise en scène pour que Hutch donne l'impression de s'être fait tirer dessus par l'un des gardes de Bishara. Jude ne pourrait vivre avec cette culpabilité. Mais cela ne se produirait pas, puisque Hutch ne viendrait pas. Il déserterait une nouvelle fois et Jude ne le reverrait plus jamais, même s'il survivait à sa mission.

Cette pensée entraîna un douloureux pincement de regret. Mais Jude ne pouvait pas laisser son esprit s'aventurer dans cette direction. Il fallait qu'il se concentre sur l'instant présent.

La voiture s'arrêta devant une porte d'entrée massive. Un ange en plâtre décoratif authentique surmontait le double battant en bois à l'aspect clair bien trop moderne. Cet ornement aurait eu toute sa place dans un épisode de *Lifestyles of the Rich and Famous* [8.]

La porte s'ouvrit et une vieille dame apparut juste derrière. Elle avait des cheveux noirs remontés dans un chignon, une robe gris clair et un tablier blanc amidonné. Elle salua Jude dès qu'il sortit de la voiture.

— Monsieur Devereaux ! Bienvenue. Soyez le bienvenu. Je m'appelle Esme. Je vous en prie, entrez donc. Votre voyage a dû être vraiment très long !

Esme avait l'air d'avoir une personnalité douce, mais haute en couleur et parlait un anglais raffiné, avec un léger accent britannique. De manière générale, c'était un avant-goût plutôt plaisant et normal du terrible week-end qui l'attendait. Cela ne soulagea pas de beaucoup l'appréhension de Jude.

Il lui offrit son sourire le plus charmeur.

— *Merci, Esme.* Le voyage a été fatigant.

— *Eh bien maintenant que vous êtes enfin là, vous allez pouvoir vous reposer.*

Elle fut prise d'une hésitation après avoir parlé, une étincelle d'inquiétude apparaissant dans ses yeux. Mais elle finit par croiser les mains et détourner le regard.

— *Permettez-moi de vous montrer votre chambre. Le chauffeur s'occupe de vos sacs. Vous auriez bien besoin d'un peu de temps pour vous, je me trompe ? Votre hôte vous attendra dans la véranda dès que vous serez prêt.*

— *Merci beaucoup.*

Esme marcha jusqu'à la porte et l'y attendit, néanmoins Jude préféra se retourner et s'étirer. Il profita de l'occasion pour étudier le jardin des yeux et prendre davantage de photos avec sa paire de lunettes. La propriété était recouverte d'arbres et de buissons qui obstruaient son champ de vision. Pour autant qu'il puisse en juger, le mur de deux mètres de haut entourait toute la propriété. Le portail semblait pouvoir résister à l'assaut d'un tank si le besoin s'en faisait sentir. Au moins trois caméras assuraient la surveillance de la demeure, l'une d'entre elles se trouvant suspendue sous l'avant-toit au-dessus de la porte d'entrée.

8 Série télévisée américaine présentant les styles de vie extravagants de riches artistes de spectacle, d'athlètes et de magnats des affaires dont la diffusion a cessé en 1995.

Son chauffeur, qui était en train de sortir sa valise du coffre, était grand, imposant et devait opérer en tant que garde du corps ou membre de la sécurité. Il ne posait pas le regard sur Jude et ne lui parlait pas non plus, du moins, il ne l'avait pas fait de tout le trajet. Il avait la peau blanche avec des cheveux blonds grisonnants et une carrure massive et musclée. C'était sûrement un ancien de l'armée. Savait-il pourquoi Jude était là et approuvait-il le faible de son patron pour les hommes ? Ou Bishara en personne lui avait-il signalé qu'il ne devait en aucun cas sympathiser avec l'invité ? Jude pouvait facilement imaginer que Bishara n'apprécierait pas que ses employés échangent des propos trop amicaux avec Jude.

Le chauffeur avait récupéré ses sacs et semblait l'attendre. Tout comme Esme plus tôt, Jude se dirigea vers la porte d'entrée.

L'intérieur de la maison était immense. Il y avait une petite odeur d'ancienneté – le parfum des cigares, l'humidité de la pluie, une touche de moisissure – même si elle avait probablement été construite dans les années 80 tout au plus. Le sol en pierre était recouvert de longs tapis aux motifs brésiliens. Sur les murs étaient accrochés des paysages ou des reproductions d'œuvres d'art dans d'énormes cadres dorés. Il y avait un grand vase avec des fleurs tropicales sur une table à côté de l'escalier – probablement du fait d'Esme. Jude les observa pendant quelques secondes, appréciant la beauté simple et innocente de ces fleurs comme si, elles aussi, elles pourraient être ses dernières.

Esme ouvrit la marche et Jude se fit un plan mental de l'étage tandis qu'il la suivait d'un pas traînant. Il y avait un large vestibule carrelé, une salle à manger sur la gauche, une pièce avec un piano à sa droite et un couloir menant à l'autre bout de la demeure juste en face. Un grand escalier en forme de L débouchant sur le premier étage surplombait le hall. La plupart des fenêtres étaient ouvertes, faisant pénétrer une légère brise, et il pouvait entendre la mer d'ici.

Sa chambre se trouvait à l'étage tout au fond du couloir sur la droite. C'était une petite pièce pas vraiment tape-à-l'œil. Il ne se trouvait définitivement pas dans celle de Bishara, donc. Cette chambre d'amis n'était-elle alors rien qu'une façade ? Ou peut-être était-ce simplement un endroit où raccompagner Jude lorsque Bishara se serait lassé de lui. La chambre de Bishara ne devait pas se trouver bien loin.

Le chauffeur déposa le bagage de Jude sur le lit et quitta la pièce sans un regard ni un mot.

Esme se tenait dans l'embrasure de la porte.

— *Prenez tout le temps qu'il vous faut, monsieur Devereaux.* Lorsque vous serez prêt à vous présenter devant M. Bishara, nous n'aurons qu'à descendre les escaliers et rejoindre l'arrière de la maison. Vous y trouverez la porte menant à la véranda.

— *Je vous remercie, Esme.*

Jude lui lança un sourire sincère.

Esme sourit en retour, quelque peu timidement. Tristement. Peut-être avait-elle connaissance des penchants de Bishara. Mais quoi qu'elle sache, elle ne pipa mot et se contenta de quitter la pièce.

Jude déballa sa trousse de toilette, se lava les dents et épongea la couche stagnante de moiteur de son visage et de ses mains. Il enroula ses doigts sur le rebord du lavabo et se regarda dans le miroir.

Ce visage. C'était ce visage qui l'avait fichu dans ce pétrin.

Quoique, ce n'était pas tout à fait vrai. C'étaient son côté drogué à l'adrénaline et son rêve de devenir un héros de son pays qui l'avaient entraîné dans cette galère. Mais c'était sans le moindre doute ce visage qui lui avait permis de se rapprocher de Bishara. C'était également ce qui expliquait sa présence dans cette villa ce week-end, alors que des emmerdes n'allaient pas manquer de lui tomber dessus.

Il regarda son sang battre contre sa jugulaire. Il avait déjà l'estomac retourné et noué.

Jude n'était pas un lâche, mais il n'avait aucune envie de mourir. En plus du fait que sa mort se promettait extrêmement douloureuse, il n'avait pas envie de laisser Lindy sans son père. Il n'avait pu la voir que quelques heures entre son retour à San Francisco depuis Washington et son vol pour Rio. Elle l'avait supplié de lui accorder davantage de temps. *Pars pas, papa !* Il s'était senti déchiré de l'intérieur de devoir la quitter de nouveau aussi rapidement, surtout sachant qu'il pourrait ne plus jamais revenir.

Il s'aspergea une nouvelle fois le visage. Seigneur, il avait l'air blême et maladif. Cela ne fonctionnerait jamais. Il fallait qu'il cesse de réfléchir et qu'il agisse. Un bon nombre d'hommes avant lui étaient parvenus à faire des choses difficiles, des choses nécessaires. Hutch, par exemple. Le capitaine Hutch Todd était un vrai héros, la définition même du mot. Il avait servi admirablement dans la Marine et s'était opposé à Bormer lors d'une mission malgré les menaces faites à l'égard des membres de sa famille. L'histoire de ce jour était bien connue au sein de l'Agence. Puis ensuite, lorsqu'il fut devenu clair qu'il ne pourrait pas l'emporter face aux politiques, alors qu'il avait tout abandonné et disparu, qu'il avait refait sa vie, il continuait d'être un foutu héros en effectuant des missions de sauvetage avec la patrouille de ski. En sauvant des étrangers à moitié congelés au beau milieu de la nuit, par exemple.

À présent, c'était au tour de Jude. Bishara devait être supprimé, Jude y croyait de toutes ses forces. Et puis, avec ses connexions au gouvernement brésilien et sa capacité à graisser la patte d'absolument tout le monde, il n'y avait pas moyen que Bishara soit écarté par des moyens légaux ou de quelque manière que ce soit pouvant être reliée aux opérations spéciales des États-Unis. Voilà pourquoi Jude devait retrouver sa détermination sans faille et régler ce problème. Il avait été entraîné pour cela. Ce qui arriverait ensuite… cela ne servait à rien d'y penser.

De retour dans sa chambre, il sortit sa liseuse de son bagage à main et l'alluma. Dans l'application de notes, il écrivit en message crypté tout ce qu'il avait récolté sur le système de sécurité qu'il avait entraperçu dans la villa.

4 whiskys, 3 Tom Collins, du sel sur le bord du verre.

Il appuya sur le bouton rouge de l'application et observa le curseur tourner au vert après un glissement. Lorsque le message fut bien envoyé au satellite, les mots s'effacèrent de son écran. Ces informations, en plus des photos qu'il avait prises avec ses lunettes de soleil, leur permettraient de se faire une petite idée de l'aménagement de l'endroit.

Jude posa la liseuse sur la table de chevet. Personne ne trouverait quoi que ce soit d'incriminant si on fouillait. Pas même un seul roman de Tom Clancy.

Jude descendit pour aller rendre visite à son hôte.

JUDE trouva Bishara seul, fumant un cigare et fixant son téléphone. La véranda était faite de dalles entourées d'un petit muret en pierres. Elle détonnait vis-à-vis du reste de la villa placardée en pêche comme une couronne de rocs et donnait sur la mer turquoise. Il n'y avait ni parasol ni auvent, seulement des meubles de jardin en métal superbement décorés sous un soleil tapant impitoyable.

Lorsqu'il sortit de la maison, Bishara se leva de sa chaise à la table ronde de la terrasse. Il n'approcha pas Jude avec un baiser ou une étreinte. La véranda paraissait plutôt cachée des regards, mais Jude voyait bien que Bishara était un homme très prudent.

Tout de même, ses yeux étaient empreints d'une once de douceur.

— Tu es splendide, comme toujours, Jude. Comment s'est passé ton vol ?

Sa voix était dure, peu importe à quel point il tentait de la tempérer, il y avait la légère trace d'un accent indéfinissable, la conséquence d'une vie entre autant de pays différents au fil des années.

— C'était relativement confortable. Merci.

— Et Thomas est bien venu te chercher à l'aéroport ? Tu n'as pas eu à attendre ?

— Pas du tout.

Thomas : le nom de son chauffeur. Jude nota l'information dans un coin de sa tête.

— Et comment était la route ?

Jude radota, chantant les louanges d'absolument tout : du champagne dans l'avion, du paysage et du trajet. Bishara avait dépensé beaucoup d'argent pour assurer à Jude tous les luxes, et comme la plupart des hommes fortunés, il s'attendait à un important volume de reconnaissance et de servilité en retour. Jude fut heureux de s'y soumettre. Tout ce qui lui permettait de passer quelques minutes de ce week-end tant redouté sur un sujet sûr était bon à prendre. Et il était ravi de pouvoir jouer l'idiot superficiel et par là, de faire baisser sa garde à Bishara.

Puis finalement, le ton changea.

— Je suis content d'entendre que tout était à ton goût, répliqua Bishara. Je veux que tu te sentes comme chez toi ici.

— C'est le cas. Merci beaucoup. Mais j'espère que tu ne vas pas trop me gâter, fit Jude sur un ton charmeur.

Les yeux de Bishara s'illuminèrent d'une étincelle de rapace.

— Bien sûr que non. Ça ne peut pas être aussi facile. Il faut travailler dur, pour obtenir un peu de plaisir. Tu n'es pas d'accord ?

— Si, bien évidemment.

Une explosion de quelque chose – de la répulsion, de la colère – réchauffa les entrailles de Jude. Il repoussa la sensation.

Bishara souriait toujours.

— Tu as faim ? Je peux demander à Esme de servir le déjeuner.

— Ce serait adorable. Mais je peux attendre si ce n'est pas ton cas.

Bishara ne s'embêta pas à répondre et fit un bref signe en direction de la maison d'un geste de sa main. Esme épiait-elle la véranda ? Sans doute, puisqu'en un rien de temps, elle émergea et il lui fit part de sa commande. Elle rentra à l'intérieur et revint rapidement avec deux assiettes, puis deux verres à vin et une bouteille de blanc qu'elle versa pour eux. Elle ne les regarda ni l'un ni l'autre tandis qu'elle les servait, jouant à la femme invisible. Elle les laissa ensuite seuls.

Pendant le repas, Jude tenta de faire parler Bishara un peu plus de sa vie.

— *Comment se portent tes affaires ? Pas trop stressant, j'espère ?*

— *Mes affaires sont toujours stressantes,* répondit Bishara avec dédain.

— *Je suis désolé de l'entendre. Est-ce que tu es très occupé en ce moment ?*

Bishara haussa les épaules.

— *Je suis venu ici pour échapper au business l'espace de quelques jours.*

Jude avait la distincte impression que Bishara était quelqu'un qui n'avait jamais « échappé au business », mais il n'en dit rien à voix haute.

— *Qu'en est-il de ta famille ? Ils se portent bien eux aussi ?*

C'était une conversation parfaitement polie, pourtant le visage de Bishara s'assombrit.

— *Je ne parlerai pas d'eux en ta compagnie,* répondit-il sur un ton cinglant.

— Très bien, dit calmement Jude.

Il cessa de parler et observa la mer. Le repas était goûteux : du poisson blanc dans une sauce au citron, du riz cantonais aux cacahouètes et fruits secs, et une salade de tomates. Il dut se forcer à avaler. Il avait l'estomac lourd et était trop sous pression pour arriver à se détendre, mais il fit bonne figure. Il autorisa une once de cette tension à le quitter. Après tout, comme top-modèle, Jude Devereaux était très demandé. Il ne pouvait pas jouer les bonnes poires pour un seul partenaire. Jude Devereaux serait furieux qu'on le rembarre de cette manière. Donc il ignora Bishara.

Au bout de quelques instants, Bishara reprit la parole d'une voix taquine, tentant de se faire pardonner.

— *Peut-être que je suis un peu trop en proie au stress à cause du travail, aujourd'hui. Quelque chose d'important se prépare. Tu sais comment c'est. Pardonne-moi si je t'ai semblé abrupt.*

Jude offrit à Bishara un petit sourire et croqua un morceau de poisson.

— *Est-ce que tu aimes nager ?* demanda Bishara. Je connais une plage privée sur laquelle nous pouvons nous rendre, si tu veux. L'eau est tout juste assez chaude pour s'y baigner. Tu donnes l'impression d'être bon nageur.

Jude se força une nouvelle fois à se détendre ostensiblement.

— *J'aime nager, c'est vrai.*

— *Si on y allait cet après-midi ?* Ou peut-être que nous devrions rester ici et nous accorder du temps à l'intérieur ?

Le regard de Bishara tomba sur la bouche de Jude, puis sur sa gorge.

— *Je t'ai attendu pendant bien assez de temps, je pense.*

Jude sentit une vague glacée le traverser et il frissonna. Bishara sembla prendre cette réaction pour de l'excitation, puisqu'il lui envoya un sourire grivois.

— *Une baignade pourrait me réveiller après ce long voyage.*

Jude arbora un sourire entendu.

— *Et c'est une belle journée. J'aimerais voir le sable d'ici.*

— *Très bien, lui concéda Bishara.*

Il se rembrunit et avala une gorgée de vin.

— *Nous irons juste après manger, dans ce cas.*

Avec un peu de chance, Jude arriverait à gagner quelques heures à la plage. Bishara ne se livrerait certainement pas à des avances trop violentes ou trop charnelles à découvert, même si la plage était « privée ». Il donnait à Jude le sentiment d'être quelqu'un de paranoïaque, un homme profondément gêné par son désir pour d'autres.

Cependant, Jude était censé chercher à en savoir plus sur cette nouvelle menace, *shabh*, et pas simplement passer le temps. Il prit une goulée de vin et prétendit être absorbé par son repas.

Comment ? Quelles informations pouvait-il dénicher, et où ? Bishara avait dit que la villa était un prêt et Jude le croyait. Donc, il était peu probable qu'il y ait un bureau dans lequel Bishara gardait ses archives. Et à leur époque, la plupart des informations seraient gardées dans son téléphone, de toute façon.

Jude y jeta un regard là où il reposait sur la table. C'était un grand Android brossé argenté. Tape-à-l'œil. S'il y avait des renseignements à récolter quelque part, ce serait dans ce téléphone. La chose la plus intelligente à faire serait d'attendre la nuit que Bishara soit distrait par un brouillard post-coïtal et à ce moment-là seulement, Jude pourrait tenter sa chance avec le portable en question. Mais il se sentait nerveux, tendu. Et à présent qu'il se trouvait là, avec Bishara assis non loin de lui, l'idée même de le laisser se servir de lui était plus qu'insupportable. Sa conscience et les souvenirs inconscients de son corps n'arrivaient pas à oublier Hutch : le souvenir de ses caresses, de son être. Hutch se la jouait dur à cuire, mais c'était un amant attentionné. C'était quelqu'un à la bonté sans faille. Quelqu'un d'honorable. Jude serait chanceux d'avoir un jour un homme comme Hutch dans sa vie.

Laisser Bishara le toucher ne serait plus seulement un mauvais moment à passer de la mission, désormais. Cela lui paraissait mal, comme s'il jouait alors les libertins, pas les héros.

Je ne pense pas me tromper en pensant que ce n'est pas la première mission où tu as mordu l'oreiller.

Pourrait-il s'en tirer en regardant dans le téléphone une fois sur la plage ? S'il arrivait à convaincre Bishara d'aller se baigner sans lui pendant un moment, prendre quelques vagues, il devrait laisser son téléphone derrière. Et si Jude parvenait à examiner le portable aujourd'hui, alors peut-être qu'il pourrait trouver une excuse pour passer la nuit tout seul : feindre la maladie, quelque chose qu'il aurait attrapé dans l'avion. Il pourrait aussi délibérément se blesser sur la plage, juste assez pour rendre un intermède sexuel peu probable. Ou même prendre une des pastilles d'ipéca qu'il avait fourrées dans son sac pour se faire vomir et prétendre avoir attrapé un parasite durant le vol.

Cela dit, Bishara ne donnait pas l'impression à Jude d'être quelqu'un de très prévenant et faisant preuve de beaucoup de patience. Peut-être qu'il insisterait pour le prendre malgré cela.

Bishara déposa son couteau et sa fourchette dans un cliquetis agacé et Jude tourna vers lui un regard perplexe.

— *Le vin, expliqua* Bishara en faisant un geste dédaigneux de la main en direction de son verre. Je ne l'aime pas avec ce plat.

— *Je trouve qu'il était plutôt goûteux.*

Jude leva son verre et huma le vin blanc boisé.

— *Peut-être, mais j'ai envie de quelque chose de sucré, pas de quelque chose de sec.* J'ai un excellent cru que tu vas apprécier. Je vais aller le chercher. Je t'en prie, continue de manger ou ton repas va refroidir.

Bishara sourit, se leva et rentra dans la villa.

Jude prit un morceau de tomate en bouche et le mâcha lentement. Son regard fut attiré par ce qui se trouvait sur la table.

Bishara avait laissé son portable.

N'y pense même pas. Tu n'auras pas le temps.

Jude changea de position dans sa chaise pour se retrouver face à la villa plutôt qu'à la mer. Il prit une autre bouchée et mastiqua doucement.

La véranda se trouvait au milieu de la maison et deux ailes l'encadraient de part et d'autre. En regardant par les fenêtres, Jude vit du mouvement dans une pièce à sa droite. Ce devait être la cuisine. Il aperçut un éclat de blanc : le haut en lin de Bishara. Il se tenait dos à la fenêtre, s'appuyant certainement sur le comptoir de la cuisine. Il paraissait discuter avec quelqu'un.

Les yeux de Jude glissèrent jusqu'au téléphone.

Ne fais pas ça. Tu es trop à découvert ici et tu n'as pas assez de temps.

La voix dans la tête de Jude était celle de la raison, mais cela n'empêcha pas ses doigts de le démanger. Cela en disait beaucoup sur son malaise vis-à-vis de la mission, le fait qu'il considère en terminer le plus rapidement possible en saisissant l'information lorsqu'il en avait la chance. Et si c'était la seule occasion qu'il avait du week-end ?

Même si tu obtiens les informations, tu ne pourras pas partir, pas tout de suite.

Non, mais il pourrait trouver un moyen d'éviter Bishara. Il pouvait toujours prendre l'ipéca et se vider pendant plusieurs heures. Il préférait encore supporter ces maux plutôt que d'être le Fleshlight et le punching-ball de Bishara pendant tout le week-end. Et encore une fois, c'était peut-être la seule chance de Jude de mettre la main sur le téléphone. C'était son job de débusquer cette information. C'était important pour la mission. Tuer Bishara était une chose, mais que faire si l'opération *shabh* se poursuivait sans lui ensuite ? Que se passerait-il si c'était une bombe nucléaire qui était introduite aux États-Unis ?

C'est pour ça que tu es là. Ne te défile pas maintenant.

Hutch le ferait, lui. D'après son dossier, il avait plus d'une fois joué avec le feu.

Jude contrôla de nouveau la fenêtre. Bishara était toujours là-bas, à parler avec quelqu'un dans la cuisine, le dos tourné.

Jude déglutit. Il ne voyait aucune caméra de ce côté de la maison et personne à travers les vitres. Il se pencha en avant sur la table, posa sa fourchette et fit tourner le portable vers lui. Il tapota l'écran. On lui demandait un mot de passe.

Jude commença à taper dans la liste de possibles mots de passe que le centre de contrôle lui avait fait mémoriser. Ils les avaient rangés du plus probable au moins probable, des choses comme la date de naissance de

Bishara, les anniversaires, les dates de naissance des enfants, les chiffres sur son passeport. Au bout de la troisième tentative – la date de naissance de son fils aîné – l'écran se déverrouilla.

Le soleil de midi tapait sur le crâne de Jude. La sueur ruisselait le long de son cou. Il jeta un œil vers la maison. Bishara était toujours dans la cuisine à converser avec quelqu'un en faisant de grands gestes.

L'attention de Jude retourna sur le portable. Il ouvrit l'application e-mail et balaya la liste de noms et d'objets. Certains messages étaient en arabe, d'autres en espagnol. Jude en connaissait assez dans les deux langues pour comprendre l'idée générale. Tout semblait suspect et en même temps, pas assez. Il releva les yeux vers la fenêtre de la cuisine : Bishara y était toujours.

Il trouva l'icône représentant une loupe grossissante et ouvrit une fenêtre de recherche. On lui avait donné une liste de mots-clés à vérifier. Il en tapa un : Itaguaí. C'était le nom du port brésilien où la cargaison du *shabh* était supposée se faire, selon leurs sources.

Une douzaine d'e-mails avec le mot « Itaguaí » apparurent. L'un d'entre eux avait une pièce jointe dont il traduisit grossièrement le nom grâce à sa connaissance rudimentaire de la langue arabe par *ordre de chargement*. Il appuya dessus et l'ouvrit.

Il le scanna rapidement. Il y avait onze marchandises listées dans la commande. Les noms paraissaient être codés, mais il y avait leur poids et leur valeur. Le montant total était estimé à douze millions de livres. Jude revêtit ses lunettes de soleil et appuya sur le bouton sur le côté pour prendre des photos. Il fit défiler le document sur l'écran et le photographia entièrement.

Son instinct lui envoya un brusque avertissement et il ferma l'application et se rassit correctement. Il jeta un coup d'œil vers la maison et aperçut Bishara approchant de la porte menant à la véranda, un verre dans chaque main.

Jude se leva presque pour aller lui ouvrir avant de réaliser que la colère avait repris le dessus. Jude Devereaux, le top-modèle, n'allait pas se bousculer pour aider un homme en lui tenant la porte. Donc, il patienta.

Bishara arriva, le sourire aux lèvres.

— *Désolé que ça ait pris aussi longtemps. C'est mon vin doux préféré, un* Fondillón Gran Reserva de 1948, mais je n'en ai pas retrouvé une seule bouteille au frais. J'ai demandé à Esme de la mettre dans des glaçons pour quelques minutes. Tu t'apercevras que je suis un homme qui n'abandonne pas si facilement lorsqu'il désire quelque chose.

Il tendit la longue flûte à Jude avec un sourire narquois aux lèvres.

— *Je vois ça. Le verre est certainement très rempli et bien frais.*

— *Le verre, c'est ça. Nous en gardons toujours quelques-uns dans* le réfrigérateur. Qu'est-ce que tu en penses ?

Bishara se tint à proximité de la chaise de Jude et haussa un sourcil interrogatif. Il goûta son propre verre avec beaucoup de délectation et en se léchant lentement et sensuellement les lèvres de sa langue de vipère.

Jude fit tourner son verre sous son nez, humant l'arôme. C'était sans le moindre doute un vin à dessert. Un fort parfum fruité. Il sirota une gorgée. Il était un peu trop doux pour son palais, mais il n'en restait pas moins savoureux.

— *Tu as bon goût, dit-il à Bishara.*

Celui-ci parcourut son corps du regard et un frisson prit Jude aux tripes.

— *Bien entendu. Des goûts de luxe. Parfois, je me dis que ça me perdra.*

— *Nous devenons tous aveugles par amour.*

Jude sourit. Son cœur battait encore la chamade après son petit épisode du téléphone. Il avala une longue rasade de vin.

Bishara, satisfait, retourna s'asseoir dans son siège. Il plaça sa serviette sur ses genoux et reprit les couverts en main.

— *Au moins lorsqu'il fait aussi chaud le repas ne refroidit pas, commenta-t-il en découpant un énième morceau. Tu m'as attendu. Tu n'aurais pas dû.*

Il contempla l'assiette encore pleine de Jude.

— *Je n'ai jamais eu beaucoup d'appétit après un voyage.*

Jude avala une nouvelle gorgée. Le vin lui montait à la tête. Il se sentit se détendre. Dieu soit loué. Il avait obtenu ce qui semblait être des informations de premier ordre et Bishara ne se doutait de rien. Maintenant, s'il pouvait trouver un moyen d'éviter que Bishara… Il bâilla, couvrant sa bouche de sa main, embarrassé.

— *Excuse-moi.*

Bishara se contenta de sourire, les yeux attentifs. Il mit un énorme morceau de poisson dans sa bouche, la sauce huileuse donnant un aspect graisseux à ses lèvres.

Jude se sentit nauséeux. Il posa son verre de vin, ses doigts étrangement froids. Pourquoi avait-il froid alors qu'il se trouvait en plein soleil ? Il prit une nouvelle bouchée de riz.

Que tu aies ou non obtenu les renseignements importe peu. Hutch ne viendra pas. Et des deux qui sont assis à cette table, un seul quittera cette villa en vie.

Jude s'obligea à sourire, mais son visage lui semblait engourdi et étrange, comme s'il n'était pas dans son propre corps. Son sourire s'étiola.

— *Quelque chose ne va pas ? demanda Bishara d'une voix douce.*

— *Je ne me sens pas... commença Jude.*

Lui-même pouvait entendre de ses propres oreilles l'articulation de ses propos se détériorer. Ce fut à ce moment-là qu'il tomba de sa chaise, ses genoux s'écrasant sur les dalles de la véranda.

— *Tu m'as... drogué...*

Soudain, Bishara se tint au-dessus de Jude. Il lui releva la tête pour pouvoir le regarder dans les yeux. Le visage de Bishara était assombri par une colère noire.

— *Pourquoi est-ce que tu m'espionnes ?*

— *Quoi ? Je...*

Jude avait du mal à garder les idées claires.

— *Je t'ai vu avec mon téléphone.* Je suis quelqu'un de méfiant, Jude. C'est pour ça que je t'ai tendu cette perche avant de partir. Malheureusement pour toi, tu as bêtement mordu à l'hameçon. Je suis vraiment très déçu de toi. Mais mon joli, ça n'a pas d'importance. Je vais quand même obtenir ce que je veux de toi, seulement maintenant, tu risques de ne *vraiment* pas apprécier. Et lorsque j'en aurai terminé, ton corps sera jeté à la mer à la merci des requins. Pour tous, tu seras une énigme, Jude. Tu seras ce séduisant top-modèle américain qui a disparu en Amérique du Sud ! Ça comblera ton ego juste comme il faut, n'est-ce pas ? Dis-le !

— *Je n'étaiiii...*

Jude tenta de mentir, mais sa langue ne bougeait plus correctement.

La dernière chose qu'il entendit fut le tintement du rire de Bishara.

— *Pas aussi chic maintenant, hein Jude ? Pas aussi parfait désormais.*

Chapitre Neuf

LA nausée. La pièce tournait. Jude sortit de l'inconscience, le réveil forcé par le malaise taraudant son corps. C'était comme s'il était en train de flotter sur un radeau le long d'une mer noire et empoisonnée : une impression de mouvement, d'angoisse et de confusion. C'était terrible. Et ses bras lui faisaient mal. Vraiment mal. Ils étaient levés au-dessus de sa tête, comme attachés.

Puis, il se souvint de ce qui s'était passé, à quel point la situation lui était défavorable et la nausée s'accentua. Il poussa un grognement étranglé.

— Jude. Sale fils de pute, réveille-toi !

La voix d'un homme, rauque et impatiente. La voix de Bishara.

Jude se demanda pendant combien de temps il pouvait encore prétendre l'inconscience. Son estomac se souleva de nouveau, son haut-le-cœur empirant à l'idée de ne pas savoir ce qui l'attendait et d'être dans le noir complet. *Puis merde.* Jude ouvrit les yeux.

Il se trouvait dans ce qui semblait être une cave. L'air était plus frisquet ici, légèrement humide, avec une fenêtre horizontale qui se trouvait presque au niveau du plafond, si bien que le sol était à peine visible au travers. La pièce était vide et les murs bruts avec un bon nombre de boîtes en carton empilées sur le côté. Un néon était allumé au-dessus de sa tête. Un débarras, donc. Plusieurs heures devaient s'être écoulées depuis le déjeuner dans la véranda puisqu'il commençait à faire noir dehors. C'était la nuit. La nuit du vendredi.

Dès les premières secondes, ces détails et la réalité de la situation heurtèrent son esprit tel un train à pleine vitesse. Bishara était là lui aussi, les manches de son haut blanc roulées, le visage dur et froid, presque méconnaissable en comparaison de celui qu'il arborait lorsqu'il avait courtisé Jude. Il y avait un autre homme également : celui ayant conduit Jude depuis l'aéroport, celui que Bishara avait appelé Thomas. Thomas n'avait jamais croisé le regard de Jude durant le voyage, mais il n'avait plus aucun problème à le faire désormais. L'expression moqueuse sur son visage montrait à quel point il pouvait être ravi de voir Jude rétrogradé du statut de « gigolo » à « victime ». Peut-être que cela lui plaisait de voir qu'il avait maintenant une emprise sur Jude.

Une sensation douloureuse traversa à nouveau les bras de Jude et il déplia les genoux, s'appuyant sur ses pieds pour apaiser la pression sur ses épaules. Bien que cela lui donne un nouveau vertige, il inclina la tête pour regarder en l'air. Ses bras étaient relevés le plus haut possible. Des liens en plastique ligotaient solidement ses poignets. Une ceinture était passée sous les liens et le raccrochait à un crochet en métal à l'air robuste attaché au plafond. D'après l'aspect nouvellement lustré du fer et celui du plâtre, le crochet venait tout juste d'être cloué, probablement dans le seul but de l'y pendre. Subrepticement, Jude tira sur le crochet, espérant trouver une marge de manœuvre. Il n'eut pas cette chance. Il n'arrivait à rien ; il y avait de bonnes chances pour qu'ils aient fixé le tout à une poutre.

Il entendit Bishara marmonner quelque chose en arabe, quelque chose à propos d'attirer son attention. Et avant que Jude puisse baisser les yeux, un poing s'écrasa dans son ventre.

La douleur ! Dieu du ciel ! C'était Thomas qui l'avait frappé et il s'attarda devant lui, un rictus au visage, prêt à recommencer. Putain de bête ! Jude s'étouffa et haleta, tentant de tordre son corps dans un angle qu'il ne pouvait tout simplement pas se permettre ainsi attaché. Il ne s'était pas attendu à ce coup-là, il n'avait pas eu le temps de crisper ses abdominaux et

104

c'était rentré directement dans ses entrailles. La nausée qu'il avait ressentie en se réveillant remua un feu vicieux et dévorant. Tout ce que Jude put faire, c'était se tortiller sur la ceinture et tenter de ne pas crier. Les larmes coulaient sur ses joues devant l'intensité de la douleur.

À travers son agonie, il put entendre Bishara hurler sur Thomas en arabe, le réprimandant pour avoir frappé trop fort. Bishara voulait questionner Jude et il serait de très mauvaise humeur s'il en était incapable parce qu'un simple coup de poing dans le ventre l'avait achevé.

Ses propos donnèrent à Jude une idée. Tandis que la douleur commençait à s'estomper et qu'il put de nouveau respirer correctement, il listait ses options dans sa tête. Bishara voudrait savoir pour qui il travaillait, qu'est-ce qu'il savait déjà sur son organisation, sur ses anciens agissements, peut-être même sur l'opération *shabh*. Et Jude était presque sûr que Bishara n'aurait aucun scrupule à utiliser la torture pour obtenir ces renseignements.

Aucun scrupule ? Il s'en délecterait, oui.

Il fallait qu'il gagne du temps. Si Bishara croyait qu'il était incohérent et incapable de répondre, peut-être que l'interrogatoire serait remis à plus tard. C'était la seule carte que Jude pouvait jouer et il devait être convaincant. Il allait devoir bluffer.

La douleur s'était atténuée, mais Jude grogna bruyamment, se recroquevillant péniblement, les yeux étroitement clos.

— *Jude ! Ouvre les yeux*, espèce d'ordure !

Jude laissa sa tête rouler. Il se laissa négligemment suspendre à la ceinture comme s'il était à peine conscient. Ses épaules en souffraient, mais il le supporta quand même. Il haleta, la bouche entrouverte, comme s'il était sur le point de régurgiter. Il pouvait sentir une épaisse pellicule de sueur coller à sa peau après avoir subi simultanément le coup et la douleur. En espérant qu'il avait l'air aussi mal qu'il se sentait, ou même pire.

Bishara grommela une injure, attrapa le menton de Jude d'une main et releva sa tête.

Jude ouvrit les yeux et fixa Bishara, mais garda le regard flou et la mâchoire lâche.

— *Stupide petite nature d'Américain ! On ne t'a même pas encore touché. Réveille-toi !*

Jude papillonna des paupières, pantelant toujours. Il roula les yeux et se relâcha complètement.

Bishara jura une nouvelle fois et ordonna à Thomas de faire quelque chose. Jude discerna le mot « eau ». Peut-être qu'ils allaient essayer de lui en faire avaler. Mais quelques secondes plus tard, Jude entendit l'homme revenir et un verre d'eau glacée lui fut jeté à la figure. Ce fut tout simplement impossible de ne pas réagir à ça. Jude remua légèrement et cligna des yeux. Il put voir Bishara et Thomas en train de le regarder.

— Jude ! répéta Bishara, agacé.

Il agrippa de nouveau la mâchoire de Jude et secoua sa tête d'avant en arrière comme s'il agitait une boule à neige ou qu'il essayait de mettre de l'ordre dans les morceaux épars de sa cervelle.

— Regarde-moi ! Regarde-moi ou je te descends !

C'était une menace creuse. Jude laissa son corps se ramollir de nouveau. Il pouvait sentir une pointe d'indignation s'emparer de la voix de Bishara. Avait-il compris que Jude simulait ? S'il décidait que c'était le cas, Jude n'aurait pas d'autres chances. Il avait besoin de plus, quelque chose de convaincant. Il regretta l'ipéca qui se trouvait toujours dans son sac. N'empêche qu'il ne s'était pas senti bien du tout, quelques instants plus tôt. Pourquoi se sentait-il mal en point ? *Les drogues que Bishara a versées dans le vin : elles me rendent malade.*

Oui. C'était ça. Jude avait toujours eu des réactions pour le moins démesurées aux médicaments. Presque tous les antibiotiques lui donnaient des rougeurs et il ne pouvait pas prendre quelque chose pour le rhume sans se sentir nauséeux et vaseux. Le somnifère que Bishara avait versé dans son vin avait bouleversé son système. Cela avait toujours été une faiblesse horripilante, mais aujourd'hui Jude, remerciait le Seigneur pour celle-ci. Il tira sur la boucle de sa persistante nausée et de son étourdissement, cherchant leur origine. Il imagina un bol rempli de viande à l'odeur nauséabonde et de fruits pourris. Il pensa à des infections pleines de pus et à ce à quoi son corps ressemblerait lorsqu'il s'échouerait sur le rivage des côtes brésiliennes.

Il repensa au regard de Hutch lorsqu'il avait braqué ce lance-roquettes sur eux durant le faux kidnapping et qu'il avait craché à Jude de se tirer de chez lui. La haine de Hutch. Sa voix détachée et hostile. Et à la peine et la déception tout juste perceptibles juste en dessous. *Trahison.*

Jude eut un haut-le-cœur, puis un autre. Son estomac était suffisamment perturbé pour que les faux entraînent les vrais. Il vomit sur le sol. Bishara s'éloigna tout juste à temps pour ne pas en être couvert. Puis, Jude émit un grognement et prétendit s'évanouir.

Bishara poussa un juron. Il hurla encore sur Thomas pour avoir tapé trop fort. Thomas se défendit en disant que peut-être Bishara lui avait donné une trop forte dose dans le vin ou que Jude était sans doute déjà malade. Il affirma avoir « à peine touché » Jude.

Ils continuèrent de se disputer pendant que Jude restait suspendu là, tout son poids faisant pression sur ses poignets. Dans cette position, ses bras étaient courbés vers le haut et retournés, et ses épaules manifestaient leur indignation. Sa tête tournait, payant maintenant pour l'aggravation de sa nausée. Toujours est-il que si cela fonctionnait…

Ça avait marché.

— … *attendre jusqu'à demain matin. C'est quoi l'urgence ? disait* Thomas.

Jude perçut l'hésitation dans la voix de Bishara lorsqu'il accepta. Il paraissait frustré, impatient, furieux. Il avait probablement aussi prévu de violer Jude et avait eu envie de s'y mettre dès maintenant. Mais il semblait qu'il n'avait aucun appétit pour baiser un Jude vomissant et inconscient, même pour du sexe plein de haine. Dieu merci.

Ils se chamaillaient pour savoir s'ils allaient le laisser attaché au crochet ou non. Bishara s'inquiétait de la circulation sanguine dans ses bras et d'une possible hémorragie interne due au coup de poing. Il « s'inquiétait » parce qu'il ne voulait pas que Jude meure *tout de suite*. Jude pria pour qu'ils le détachent. Libéré, il aurait peut-être une chance de s'échapper. Mais Thomas insista pour qu'ils le laissent ainsi. Ils allaient le tuer de toute manière, alors en quoi la perte d'afflux sanguin dans ses bras leur était de la moindre importance ? Peut-être que cela le rendrait plus docile, dans la matinée. En plus, Jude restait un espion, un menteur et un escroc, et s'ils ne pouvaient pas lui faire confiance, ils ne pouvaient pas le détacher.

Malheureusement pour lui, Thomas finit par remporter le débat. Bishara tapota la joue de Jude dans un geste aimant plein de moquerie et proféra une dernière menace.

— *Je reviens demain matin, Jude. Je peux te promettre que tu plieras et que tu te briseras. Et ensuite, si tu me satisfais, peut-être que je t'achèverai rapidement, tu m'entends ?*

Il se tourna vers Thomas.

— *Fais le ménage.*

Bishara quitta la pièce. Thomas le suivit, mais revint quelques minutes plus tard avec une serviette humide et un bac de fournitures. Il parut détester ça autant que Jude lorsqu'il l'essuya, nettoyant les dégâts sur son tee-shirt et le forçant à se rincer la bouche avec du bain de bouche. Il passa la serpillière sur le vomi au sol également.

Faut garder la chair fraîche présentable, songea Jude sombrement. *On ne voudrait surtout pas sentir mauvais avant d'être violé et torturé.*

Thomas s'en alla, ne cherchant même pas à menacer une nouvelle fois Jude. Il se retrouva tout seul, le puissant néon au-dessus de sa tête toujours allumé. Il se redressa, allégeant la tension sur ses épaules. Il ressentit une vague de soulagement d'avoir été épargné pour le moment, suivie de près par un sentiment de fatalité.

Il avait évité le pire, mais seulement pour quelques heures. Qu'avait-il gagné en vérité à part une longue nuit à rester debout, les bras en l'air et attachés ? Il aurait simplement tout le temps de penser à ce qu'ils allaient lui faire subir une fois la matinée arrivée. On n'était même pas encore samedi. Si Hutch venait – il ne viendrait pas –, il n'arriverait pas avant au moins vingt-quatre heures supplémentaires. Et le centre de contrôle n'interviendrait pas avant dimanche en milieu de journée. Jude n'avait aucun moyen de leur signaler qu'il avait des ennuis. Ils avaient pris ses lunettes de soleil.

Peu importe qui se montrait ce dimanche, il serait trop tard. La mort l'aurait déjà emporté entre-temps.

JUDE émergea de l'obscurité de son coma à l'entente de son nom et en sentant quelqu'un taper doucement sa joue.

Jude. Jude.

Seigneur ce qu'il pouvait avoir mal. Il était debout et il ne sentait plus ses membres supérieurs, ses épaules percluses de douleurs. Il était pendu par les bras. Aussitôt, il se souvint de l'endroit où il se trouvait et dans quel merdier il s'était fourré. *Bishara m'a vu regarder dans son téléphone. Il m'a drogué, attaché dans la cave, menacé de m'interroger dans la matinée. Merde. S'il vous plaît, non, faites qu'il ne soit pas encore l'heure.* La terreur le transperça comme une lame glacée et empoisonnée.

— Jude !

La voix était étouffée et pressante, avec la profondeur d'un accent américain et ironiquement familier.

C'était impossible. Jude ouvrit les yeux. Devant lui se trouvait un homme brun en tenue de camouflage, dont les yeux marrons inquiets étaient rivés sur lui. C'était la vue la plus accueillante que Jude avait reçue de sa vie. *Hutch.*

— *Je suis en train de rêver ?* demanda Jude.

Sa voix était enrouée.

Hutch haussa un sourcil circonspect.

— *Pas sûr que ce soit un compliment.*

C'était bien Hutch, aucun doute là-dessus. Et il avait l'air bien réel. Il avait des motifs graisseux noirs sur les joues et le front. Il était vêtu d'une tenue noire avec de nombreuses sangles et... Bordel, ce n'était pas le moment d'y penser, mais Jude savait que Hutch devait être réel puisque son imaginaire ne pouvait pas inventer une tenue qui avait l'air aussi *sexy* sur quelqu'un.

— *Quel... quel jour on est ? demanda* Jude, son cerveau faisant des pieds et des mains pour remonter la pente.

— *Chu-ut ! l'exhorta* Hutch dans un murmure. Pas si fort. On est samedi, il est deux heures.

C'était encore plus déroutant.

— *Samedi ? Qu'est-ce que tu fais là ? Ils ont dit que tu ne serais pas là avant dimanche matin. Et je t'avais demandé de ne pas venir.*

— *Qu'est-ce que tu veux que je te dise ? Je suis un libre penseur.*

La voix de Hutch était froide, mais il y avait quelque chose dans son ton : de l'inquiétude, de la tension.

— *Maintenant, tiens-toi tranquille.* Ça va faire mal.

Il tendit les bras et défit la ceinture qui maintenait Jude au crochet. Soudain, son poids fut libéré et il oscilla, ses genoux se demandant encore s'ils allaient pouvoir lui faire tenir le coup ou non. Il ressentit une vague de soulagement traverser ses bras l'espace d'une seconde, puis, alors qu'ils retombaient, une douleur ardente traversa ses muscles.

— *Putain, siffla* Jude. *Merde.*

Hutch l'aida à doucement baisser les bras.

— *Du calme. Je sais que ce n'est pas agréable.* Continue comme ça.

Il s'empara d'un couteau de chasse sérieusement dentelé pendu à sa ceinture et utilisa la pointe pour trancher les liens des poignets de Jude. Désormais libre, celui-ci essaya de remuer les bras pour apaiser la douleur causée par l'afflux de sang dans ses muscles et dans ses veines, mais cela n'aida en rien.

— *Bordel.*

— *Chu-ut.*

Hutch planqua de nouveau le couteau et frotta vivement les bras de Jude. Il n'y avait rien de doux dans son geste, mais la douleur qu'il causait était plus supportable que celle de sa circulation sanguine.

— *Tu as mal autre part ?*

Les yeux de Hutch balayèrent le visage de Jude et son torse, l'examinant.

Jude cligna des yeux, faisant lui-même une estimation. Il avait eu mal au cœur, il s'en souvenait. Il avait même réussi à vomir devant Bishara ; le sol en portait encore les preuves. La nausée s'était estompée, mais il avait un sacré mal de crâne, fort et pénétrant. Et son estomac était aussi irrité qu'une dent gâtée. Il se rappelait le coup que le chauffeur, Thomas, lui avait porté. Timidement, Jude tendit les muscles de son ventre. Merde. Ils étaient définitivement froissés. Mais il ne se sentait pas assez mal pour qu'il en conclue à une hémorragie interne ou des organes esquintés. Il baissa les yeux. Il portait toujours son pantalon crème et son tee-shirt à manches courtes bleu. Bishara n'avait pas encore l'air d'avoir appliqué au mot ses menaces de viol non plus.

— *Je vais bien, répondit Jude. J'ai été drogué.*

— *Ouais. Je suppose que ta relation avec Bishara n'était pas exactement...*

Jude se jeta sur Hutch, enroulant ses bras douloureux autour de son cou et se pressant doucement contre lui. C'était un geste stupide, guère professionnel, et il n'avait aucune excuse pour le faire. Sauf qu'il avait vraiment pensé être sur le point de mourir. Dans ces derniers instants, c'était à Hutch qu'il avait pensé. Or celui-ci était là, maintenant. Il était venu pour lui.

Dieu du ciel. *Hutch était venu pour lui.* C'était bien plus que ce que Jude méritait.

Hutch se tendit, puis enveloppa ses bras autour de Jude et l'enlaça plus étroitement. L'étreinte était accueillante et serrée. OK, peut-être *un peu trop* serrée.

— *Tu ne peux pas t'empêcher de jouer les héros, pas vrai ?* murmura Jude.

Son mal de tête s'était allégé à son contact, mais à présent, c'était le parfum et la sensation de Hutch sous ses doigts qui lui faisaient tourner la tête.

— Bon sang. Le sommeil doit m'avoir emporté très loin.

— *Tu n'arrêtes pas de dire que tu es en train de rêver de ma présence. Peut-être que tu as besoin d'un psy pour ça.*

Le ton de Hutch était moqueur et cela fit sourire Jude. À contrecœur, Hutch posa une main puissante sur le dos de Jude, comme s'il ne pouvait pas s'en empêcher. Jude se détacha juste assez pour aller trouver la bouche de Hutch. Ils s'embrassèrent comme des loups affamés, comme s'ils voulaient se fondre l'un dans l'autre. C'était glorieux. Des picotements parcoururent le corps de Jude tandis que les cellules de sa moitié inférieure se réveillaient doucement et tentaient au mieux de faciliter la stimulation malgré le fait que son corps était en train d'acheminer une grosse partie de son sang vers ses bras.

Hutch brisa le baiser et dévisagea Jude. Sa mâchoire était crispée et sa bouche pincée dans une fine ligne ; le doute planait sur son visage.

— *Ne me regarde pas comme ça, dit Jude.* Ce qu'il y a eu entre nous était *réel.* Tu le sais. Tu dois le savoir, sinon tu ne serais pas là.

— *Ce n'est pas… Je n'allais pas te laisser t'occuper de ça tout seul, Jude. C'est une mission suicide. Je serais venu, même si…*

Hutch secoua la tête.

Jude se sentit touché par ses mots. Hutch était venu le sauver bien qu'il lui ai menti. Bien qu'il l'ait trahi, même. Jude serait effectivement mort. Il pouvait encore mourir, d'ailleurs. La réalité de la situation lui retomba subitement dessus.

— *C'est une mission suicide pour toi aussi, Hutch. Bordel.*

Jude leva une main pour se tirer les cheveux de frustration. Le bras répondit, mais bouger le fit tout de même souffrir.

— *Ouais, pas si je peux l'empêcher.*

La voix de Hutch était grave.

— *J'en conclus que Bishara respire encore ?*

— *Pour ce que j'en sais. Tu n'as pas… ?*

Hutch secoua la tête.

— *Je ne l'ai pas touché. Je me suis débarrassé de deux des gardes en arrivant.* Je cherchais la pièce dans laquelle ils surveillent les enregistrements des caméras de sécurité, mais je t'ai aperçu par hasard par cette fenêtre.

Hutch fit un geste en direction de la petite fenêtre placée tout en haut du mur.

— *Je ne pense pas qu'il y ait des caméras ici. Je ne crois pas non plus qu'ils savent que je suis là pour le moment, mais ils vont vite remarquer qu'il leur manque des gardes.*

— *J'en ai vu trois plus tôt, mais il peut y en avoir plus.*

— *Cinq, affirma Hutch, catégorique. Plus Bishara et une femme.*

— *C'est la domestique,* Esme. Elle ne représente pas une menace.

Le visage de Hutch était lugubre.

— *Ce ne sont pas ceux à l'intérieur qui m'inquiètent.* J'ai connu pire. Ce sont ceux *dehors* qui vont être un problème. Une unité tactique de l'Agence attend à l'extérieur. J'ai aperçu l'un de leurs snipers sur le toit d'un cabanon de l'autre côté de la rue. Bizarrement, je ne pense pas que ce soient les renforts.

Jude ressentit une vague de culpabilité. L'invisible nœud coulant autour de son cou se resserra encore un petit peu.

— *Je savais que c'était un piège, Hutch. C'est pour ça que je t'avais dit de ne pas venir !*

— *Ouais, j'avais compris.* Mais nous en sommes là maintenant. Comment vont tes bras ?

Hutch prit la main droite de Jude dans les siennes, la frictionnant encore brièvement et vérifiant la couleur. La peau était toujours pâle, mais elle n'était plus gonflée.

Jude plia et déplia les doigts.

— *Mes mains vont très bien. Je vais bien.*

— *Ça te fait toujours souffrir ?*

— *Un peu, mais ça va mieux.*

Les épaules de Jude étaient raides et douloureuses, mais ce n'était pas comme s'il ne pouvait pas le supporter.

— *Alors, c'est quoi le plan ? On doit se débarrasser de Bishara, du reste des gardes et d'une unité tactique de l'armée américaine ?*

Hutch lui fit un large sourire.

— *J'ai connu des journées pires que celle-là. Et toi ?*

L'humour apaisa quelque chose chez Jude et repoussa légèrement les ténèbres. Il haussa les épaules.

— *Je m'ennuyais de toute façon, à être pendu à un crochet.* Autant terminer ça par un coup d'éclat.

— *C'est l'idée, je pense.*

Hutch examina Jude d'un œil critique.

— *Écoute, si tu n'es pas à cent pour cent, tu devrais rester là.*

Jude éclata de rire.

— *Va te faire voir,* Rambo. *C'est mon combat.*

— *Je suis sérieux, Jude. Tu vas ne faire que me ralentir si je dois te protéger en chemin.*

Jude retint une réponse irréfléchie et considéra l'idée. Hutch avait raison. Il allait les mettre tous les deux en danger s'il n'était qu'à moitié opérationnel. Il arpenta brièvement la pièce et balança ses bras pour soulager ses épaules qui le brûlaient. Sa tête le faisait souffrir, mais pas assez pour qu'il ne puisse pas l'ignorer. Néanmoins, il vendrait son âme pour un peu d'aspirine au moment présent. Il courut sur place, testant ses limites. Il s'autorisa à l'imaginer : sortir là-dehors et faire face aux hommes armés. Faire face à Bishara, qui avait prévu de le violer avant de l'achever et de jeter son corps à la mer. Une injection glacée d'adrénaline coula dans ses veines, et subitement, plus un seul de ses maux ou de ses tourments n'avait d'importance. Hutch était venu ici pour mener *sa* bataille à lui. Jude allait s'assurer qu'il pourrait au moins y mettre du sien.

— *Je vais bien, affirma-t-il avec confiance. Tu as une arme pour moi ?*

Hutch sortit un Glock de l'étui qu'il portait au côté et le tendit à Jude, la crosse en avant.

— *L'Agence t'a armé à Rio ? demanda-t-il* avec curiosité.

Il savait que Hutch n'aurait pas pu emporter d'armes pendant le vol. Et même s'il serait sans doute suffisamment du genre caïd pour aller dérober un bateau ou pire, *nager* de la Floride à Rio avec tout son attirail, même lui n'aurait pas eu assez de temps pour le faire.

— *Ouais. Ce n'est rien que de la contrebande. Comme ça, rien ne pourra remonter jusqu'à eux.*

— *Tu es sûr que ça fonctionne ?*

Jude ouvrit le Glock et vérifia les balles. Cela ressemblait à un Glock 36 tout à fait opérationnel. Il n'y croyait presque pas.

— *Eh bien, ils veulent que je me débarrasse de Bishara, donc je suppose qu'ils ne m'en ont pas donné des défectueux. Mais bien sûr, je les ai tous essayés.*

Il fit basculer un fusil à lunette de son dos.

— *Prêt ?*

— *C'est quoi le plan ? On monte et on tire ?*

— *Seigneur, non. Quel genre de films tu regardes exactement ? Nous sommes en mode furtif. J'imagine que Bishara doit être endormi, vu l'heure qu'il est. C'est probablement pour ça que les gardes ne sont pas déjà tous sur mon dos. On va devoir repérer la salle de contrôle*, là où se trouvent les moniteurs des caméras. Nous nous chargerons de ça d'abord. Ensuite, nous ratisserons les alentours et nous nous occuperons du reste des gardes avant d'aller abréger les souffrances de Bishara. Si nous parvenons à être assez discrets, peut-être que nous arriverons à nous faufiler à l'extérieur sans que l'équipe de l'Agence nous repère.

Le visage de Hutch lui indiqua qu'il n'avait pas de gros espoirs quant à cette possibilité. Jude non plus.

— *Une idée de la localisation exacte de cette salle ? Ou même de la chambre de Bishara ?*

Jude secoua la tête.

— *La chambre des invités qu'ils m'ont réservée était au premier étage dans l'aile sud.* Ce n'était pas la chambre de Bishara, mais je parie qu'elle n'en était pas très éloignée. La cuisine est au nord. Après, pour le reste, ma couverture n'a pas tenu assez longtemps pour que je puisse faire quoi que ce soit d'utile. Désolé.

Jude était furieux contre lui-même de ne pas être parvenu à en faire davantage. À l'heure qu'il était, il aurait dû avoir tout l'endroit cartographié en tête.

— *J'ai merdé.*

En regardant Hutch maintenant, il réalisa que l'angoisse qu'il ressentait à l'idée de sa réunion avec Bishara, de toute l'opération, l'avait poussé à agir de manière imprudente. Pour être sincère, sa tête n'allait plus très bien depuis le moment où Hutch avait compris la supercherie, cet horrible moment où il leur avait hurlé de dégager de sa propriété. C'était à cet instant qu'en son for intérieur, quelque chose avait changé chez Jude. Lorsqu'une part de lui avait compris qu'il ne pourrait plus jamais faire ce genre de boulots pour l'Agence.

Hutch examina son visage.

— *On s'en fiche, maintenant.* Je suis content que tu n'aies pas été avec ce fumier. Ne pense pas au passé. Envisage l'avenir. Concentre-toi sur l'objectif.

— *Ouais.*

Jude redressa le dos et tira les épaules vers l'arrière.

— *Se concentrer sur l'objectif.*

Il avait beaucoup à perdre : Hutch, sa propre vie, Lindy… Un vent de panique se leva, mais Jude n'y prêta pas attention. Il avait assez de problèmes pour le moment.

— *Qu'est-ce que vous dites, les Marines ? « Ooo rah ? Let's load and goad [9]. »*

Hutch sourit, mais cela n'atteignit pas ses yeux.

---

9 Approximativement « on charge, et on y va »

— *Petit malin. Essaie juste de ne pas te faire tuer, Jude. OK ?* Parce que ça rendrait la mission de sauvetage nulle. Et ça me ferait vraiment chier. Je mène, tu me suis. Compris ?

Jude acquiesça. *Tu n'as pas le droit de mourir non plus*, songea-t-il. Puis : *Mon Dieu, faites qu'on s'en sorte vivants.*

Chapitre Dix

HUTCH se hissa du cadre de la fenêtre de la cave, puis il se baissa pour aider Jude à faire de même. Il dut le tirer par les bras et, à en juger la mâchoire crispée de Jude, ce fut douloureux. Bien sûr que ça l'était. Ses épaules seraient endolories pendant plusieurs jours encore et il aurait certainement besoin d'un suivi médical. Mais il n'y avait rien à faire pour le moment.

À côté de lui, Jude s'accroupit dans l'obscurité qui recouvrait le mur de la demeure. Hutch lui laissa un moment, attendant qu'il passe au-delà de la douleur tout en prétendant que ce n'était pas exactement ce qu'il était en train de faire.

Hutch se repassa la situation qu'ils avaient sur les bras en tête. C'était aussi foireux qu'un chien à une patte, mais pas sans espoir. Il avait retrouvé Jude et ils n'avaient pas encore été détectés. Il avait de la chance que Jude soit encore en vie et pas davantage blessé. L'autre homme avait été ravi de le voir. Tellement enchanté qu'il avait foutu sa langue dans sa bouche comme l'aurait fait un fichu plombier. Le geste avait paru franchement sincère en plus de ça.

Ce qu'il y a eu entre nous était réel.

C'était suffisamment réel, Hutch savait déjà que Jude *avait* tenté de le sauver en lui disant de ne pas venir. Et c'était quelque chose. Mais au-delà de ça ? L'accueil enthousiaste de Jude pouvait être mis sur le compte de l'élan de gratitude que la victime accordait à son sauveur. Il ne signifiait en aucun cas que Jude voudrait qu'ils continuent de se voir lorsqu'ils seraient revenus dans le vrai monde – *s'ils* arrivaient à y retourner. Mais pour le moment, Hutch prendrait ce qu'on lui donnerait. Il était déjà compromis sur cette mission, de toute façon, du point de vue émotionnel. Il avait besoin de s'imaginer que Jude et lui formaient une équipe, qu'ils étaient là-dedans ensemble, qu'il y avait une *raison* à toute cette histoire. Il avait besoin de ce brasier au cœur de ses entrailles pour les sortir de là.

Pour sortir *Jude* de là sans accroc. Jude n'était pas un Marine, se rappela Hutch. Ils étaient peut-être dans le même bateau, mais au fond, Jude n'en restait pas moins un combattant. Il avait probablement reçu un entraînement basique à son « école d'espions » ou quel que soit le nom qu'on lui donnait, mais en fin de compte, Hutch restait celui en charge.

Il sonda le mur. Ils se trouvaient sur le versant sud de la villa. Il y avait deux caméras sous l'avant-toit, l'une faisant face à l'avant de la maison et l'autre, à l'arrière. L'angle signifiait qu'elles ne filmaient sûrement pas ce qui se passait du côté du mur, et même sí c'était le cas, Hutch et Jude se fondaient suffisamment bien avec les ombres. Il lança un regard vers Jude. Celui-ci portait un haut bleu pâle et un pantalon en lin crème, pas vraiment ce qu'il y avait de préférable pour un camouflage en pleine nuit. Mais la nudité ne serait pas une meilleure option. Ou du moins, cela ne l'aiderait pas plus à échapper à l'œil des caméras.

Hutch fit un signe du menton vers le bas. *On y va.* Il longea la maison, l'épaule gauche pressée contre le mur. Il pouvait sentir Jude le suivre silencieusement. Bien.

À l'angle, Hutch marqua une pause. L'arrière de la maison se trouvait à la limite d'un précipice et il n'y avait que quelques bons centimètres de terrain rocheux et glissant entre la maison et le bord. Une véranda clôturée par un muret d'un mètre de hauteur en débordait comme pour défier la gravité. Un garde marchait le long du mur de la véranda en regardant la mer. Le renflement qui déformait sa veste dénonçait le revolver rengainé en sa possession. La nuit était assez claire, ce qui n'aidait pas vraiment pour une opération à couvert, mais cela permit à Hutch d'identifier les gardes par leur accoutrement. C'était le même que celui porté par les deux hommes que Hutch avait neutralisés dans l'avant-cour : pantalon noir et blouson de la même couleur avec un logo dans le dos. Bishara les avait sûrement engagés dans une compagnie de surveillance locale. C'était une bonne chose, cela signifiait que les risques que tout foire étaient moindres.

Plusieurs caméras montées sur le mur du fond avaient le nez fixé sur la falaise et la véranda. Les fenêtres de ce côté de la demeure ne faisaient transparaître que très peu de lumière ; peut-être des plafonniers à allumage automatique ou un éclairage nocturne encastré aux plinthes dans toute la maison.

Hutch considéra mentalement un plan de la propriété. Il était arrivé par le coin sud-est du mur d'enceinte. Il y avait eu un détecteur de mouvement sur la partie supérieure, mais il lui avait été bien trop facile de ne pas toucher le rayon. Au-devant, deux gardes. Il les avait tous les deux désarmés et les avait laissés attachés à des arbres la bouche fermée par de l'adhésif. On ne les découvrirait pas avant que vienne l'aube.

Il y avait un dédale de verdure à l'intérieur de l'enceinte avec des arbres et des buissons ayant été laissés à l'état sauvage. Avec cette température et l'arrosage automatique, c'était pratiquement la forêt vierge là-bas. Il avait inspecté un petit cabanon près du portail, s'attendant à y trouver une baraque pour les gardes, mais l'endroit était désert et abandonné depuis un bon moment déjà. Il n'y avait aucune autre dépendance. Par conséquent, la salle de contrôle devait se trouver à l'intérieur de la maison. Elle ne paraissait pas être à l'arrière, en tout cas. Vu que les machines devaient tourner tous les jours 24 h/24, il aurait vu les lumières en émaner.

Hutch envisagea de s'occuper du garde dans la véranda, mais en décida autrement. La scène serait filmée par les caméras ou on verrait au moins le corps du garde. Il devait trouver cette salle en premier pour s'assurer que personne ne surveillait les enregistrements. Il tourna la tête pour évaluer le lointain dédale et le nez des toits plus loin. Il y avait de bonnes chances pour que l'unité tactique de l'Agence ait également des yeux fixés sur la véranda. Lorsqu'il serait temps de s'occuper de ce garde-ci, Hutch devrait d'abord l'attirer à l'intérieur. Mais pour le moment, il fallait qu'il s'occupe de la salle de contrôle. Ensuite, il pourrait se déplacer sans crainte.

Il fit signe à Jude et le contourna. Ils retournèrent là d'où ils venaient, Hutch en tête, passant de nouveau devant la fenêtre de la cave et poursuivant jusqu'à avoir fait le tour de la maison.

Hutch s'accroupit, scrutant le jardin. À l'avant, il y avait une caméra dans l'allée, une à la porte d'entrée et plusieurs autres pointant dans la même direction. Il se déplaça à travers les broussailles pour rester à couvert, faisant signe à Jude de rester près de lui. Il se fraya un chemin autour du mur d'enceinte. C'était un vrai chaos de plantes grimpantes, mais le fourré les dissimulait aux yeux de tous. Ils atteignirent la grille à l'endroit où une caméra sur le cabanon visait la route. De là où il se trouvait, Hutch pouvait apercevoir l'avant de la demeure dans son entièreté. Une seule fenêtre au rez-de-chaussée donnait sur une pièce parfaitement éclairée dans l'angle nord-ouest. Ce devait être la salle de contrôle.

Intérieurement, Hutch considéra ses options. Pour se rendre sur le flanc ouest de la villa, il aurait à traverser l'allée qui était surveillée par les caméras, ou à grimper le mur d'enceinte et remonter un peu plus au nord, mais le risque de se faire prendre par l'unité tactique serait plus important à l'extérieur. Ils pouvaient toujours retourner à l'intérieur de la maison par la lucarne de la cave et se rendre là-bas par ce chemin-là, mais il avait repéré au moins un garde là-bas et la couverture des caméras était bonne. Sa quatrième option était de rebrousser chemin vers l'arrière de la villa, mais la route était bloquée par la véranda et le garde en patrouille. Et l'endroit était certainement épié par l'Agence.

Cette dernière était pour lui une plus grosse source de problèmes que les sous-fifres de Bishara. Car, si le système de sécurité déclenchait l'alarme, l'équipe de l'Agence saurait que Hutch aussi était présent.

Il y a sûrement un garde au moins qui surveille les caméras. Un travail ennuyant et fastidieux. À moins qu'il n'y ait une alarme automatique, les probabilités qu'il ne regarde pas le bon flux au bon moment étaient plus importantes.

Hutch balaya l'allée des yeux. Il perçut le point rouge du détecteur de mouvement environ soixante centimètres en amont du portail. Ce serait assez facile à éviter. Mais il y avait toujours la caméra. Il faudrait qu'il aille vite.

— *Reste là, murmura-t-il à Jude. Je reviens.*

— *Mais attends...*

Hutch mit une main sur sa bouche et le fusilla du regard. Après quelques secondes, Jude hocha la tête, mais ses yeux étaient toujours pleins d'inquiétude. Hutch avait une distincte envie de l'embrasser, ce qui serait complètement stupide de sa part. Il ignora ses pulsions.

Il laissa Jude dans la brousse et gagna la bordure où s'interrompaient les ténèbres. Une profonde inspiration, puis il s'élança dans l'allée toujours accroupi en prenant soin d'éviter le détecteur de mouvement tandis qu'il traversait le chemin goudronné. Il resta le plus proche du sol que possible, atteignit les broussailles de l'autre côté et resta immobile, l'oreille tendue.

Il n'y avait pas un bruit si ce n'est le pépiement et le trille des insectes. Pas le moindre beuglement ou sonnerie d'une quelconque alarme. Il se releva et se faufila à travers le fourré en direction de la villa. Il se déplaçait aussi rapidement et silencieusement que possible. Il y avait toujours ce désir d'aller vite, *toujours plus vite,* mais il pouvait commettre des erreurs en faisant ça. La vitesse avait du bon, mais elle devait être progressive. Contrôlée.

Il approcha de l'angle nord-ouest de la maison. De là, il pouvait voir à travers une fenêtre éclairée. C'était bien la salle de contrôle. Il aperçut un seul et unique garde dans la pièce. Il portait la même tenue que les autres et se balançait sur sa chaise, un livre à la couverture vierge dans une main. Son attention alternait entre le bouquin et les enregistrements. En biais, Hutch n'arrivait à voir que deux écrans, mais il semblait y en avoir tout un tas.

Le garde n'avait pas vu Hutch traverser la route et n'était donc pas encore au courant que ce soir n'était pas seulement une patrouille de routine. La tension redescendit légèrement. Il avait de la chance, ce soir. Une foutue chance. Ce qui ne faisait que renforcer son inquiétude tandis qu'il se demandait quand les ennuis allaient lui tomber dessus. Il déboucla le fusil de précision de son dos, le cala sur son épaule et observa le garde à travers la lunette de visée.

Il n'était ni jeune ni vieux, peut-être dans la quarantaine. Il avait sûrement une famille, des enfants. Hutch n'avait aucune envie de le tuer, mais essayer d'entrer dans la pièce depuis l'extérieur pour le neutraliser déclencherait des alarmes et serait bien trop risqué. Il n'avait pas d'autre choix.

Hutch examina la fenêtre dans le viseur, tranchant pour la meilleure solution. Il y avait des capteurs qui détecteraient l'ouverture de la fenêtre. Mais ce n'était pas son intention.

L'arme dressée, il patienta jusqu'à ce que le garde se penche devant la vitre que Hutch avait choisie. Son doigt fut ferme et rapide sur la détente. Il y eut le recul de l'arme, puis un bref *bang* résonna dans l'allée, lorsque la balle traversa le carreau sans le briser. À l'intérieur, une rose noire fleurit sur la tempe du garde et il tomba de sa chaise, raide mort.

Hutch baissa le fusil et sonda la cour. Pas de lumière, pas de mouvement. La balle n'avait pas enclenché le moindre capteur. Tout semblait comme avant. Mais bordel, il n'y croyait pas une seconde.

Il jeta son arme par-dessus son épaule et retourna longer le mur d'enceinte. Arrivé devant l'allée, il courut cette fois toujours tête basse, mais plus aussi inquiet à l'idée de se faire repérer.

Jude l'attendait dans les broussailles. Il attrapa le bras de Hutch d'une main et sa nuque de l'autre.

— *Ne me laisse pas derrière comme ça ! siffla-t-il*, l'air énervé.

Hutch plaça ses doigts au-dessus des siens sur son poignet.

— *Chu-ut.* Je me suis chargé de la salle de contrôle. Tout va bien.

Les yeux hagards, Jude lui lança un regard que Hutch ne parvint pas à décrypter. Dans les ténèbres de la nuit, les iris bleus prenaient une étrange couleur grise, mais l'étincelle de frustration restait parfaitement claire.

— *Je ne suis pas une demoiselle en détresse, crétin. Je peux tirer aussi bien que toi ! Et je vais finir par te faire vraiment très mal si tu pars et que tu te fais tuer !*

Hutch renifla et haussa un sourcil incrédule.

Jude émit un claquement de langue agacé.

— *Ça va. Peut-être que je ne peux pas tirer aussi bien que toi, mais je peux tirer.* J'étais le meilleur de ma classe à l'académie.

Hutch n'en doutait pas une seconde. Jude était sûrement le meilleur dans tout ce qu'il entreprenait. Cependant, il ne l'avait pas encore vu en situation de combat. Cela ne changeait toutefois rien au fait que Hutch savait qu'il avait raison. Il avait envie de protéger Jude, mais il ne pouvait pas le tenir indéfiniment à l'écart. Il opina une fois, laconiquement.

— *OK.* Prochaine étape : on entre. Je vais avoir besoin que tu protèges mes arrières.

— *OK.*

La main de Jude n'avait pas bougé de sa nuque et il le tira vers lui, écrasant leurs lèvres ensemble.

Hutch avait bien conscience qu'il s'agissait d'une distraction, mais il n'en avait foutrement rien à faire. Leurs chances de survie cette nuit étaient minces. Alors, si Jude voulait l'embrasser, Hutch ne se priverait pas de lui rendre son baiser.

Ce baiser lui donna une impression différente de celui qu'ils avaient partagé lorsqu'ils étaient à l'intérieur. Jude était dans les vapes à ce moment-là. Ce baiser-ci… ce baiser marquait le retour de l'enfoiré confiant et arrogant qu'était Jude et il le goûtait comme s'il y avait mis tout son être, corps et âme. L'espace d'un instant, Hutch laissa tout le reste disparaître. L'attachement insensé qu'il avait ressenti depuis sa rencontre avec Jude revenait au galop avec des putains de grelots. Bordel, comme dans un fichu défilé. Et peut-être était-ce parce qu'ils n'étaient que deux hommes en sursis, mais Hutch n'avait jamais éprouvé quelque chose aussi clairement de sa vie : il était fou amoureux de ce type – le mannequin, l'espion, le père, le gars qui, pendant trois jours entiers, avait été la flamme la plus brillante qu'il ait jamais vue dans ce chalet enneigé en Alaska. Il ferait n'importe quoi pour passer le reste de sa vie avec Jude Devereaux.

Ironiquement, c'était sûrement ce qui allait arriver d'ici les prochaines heures.

Ce fut Jude qui rompit le baiser. Il s'éloigna, mais garda une poigne sur les avant-bras de Hutch, comme s'il était inquiet qu'il puisse de nouveau partir sans lui.

— *Je suppose qu'on peut pas zapper toute la bataille et aller se chercher directement une chambre d'hôtel ? marmonna-t-il.*

Hutch commença à rire, puis y réfléchit sérieusement. Le pouvaient-ils ? Ils n'avaient pas encore été repérés. Ils pouvaient profiter de l'occasion pour passer de l'autre côté du mur en espérant ne pas être vus par l'équipe tactique. Bishara était toujours en vie, mais c'était la mission de l'Agence, pas celle de Hutch. Sa mission à lui, c'était de sortir Jude de là.

Bientôt, les gardes abattus ou neutralisés seraient découverts. Une alarme se déclencherait dans toute la maison, ce qui alerterait l'unité tactique même s'ils avaient, d'une manière ou d'une autre, réussi à leur passer devant sans qu'ils les détectent. Et à ce moment-là, ils commenceraient à les pourchasser. Ou c'est ce qu'ils essaieraient de faire en tout cas.

Il se pencha en avant et exposa leurs options à Jude en les lui murmurant à l'oreille. Ce dernier écouta attentivement, et lorsque Hutch prit du recul, Jude, les sourcils froncés, resta un moment silencieux. Puis, il secoua la tête.

— *Nous sommes là.* Et tu as déjà neutralisé une bonne partie des gardes. On devrait s'occuper du cas de Bishara. Il doit être arrêté, Hutch. Et peut-être que si on termine la mission, l'Agence sera… S'ils obtiennent ce qu'ils veulent…

Ils seraient plus cléments ? Ils les laisseraient partir ? Hutch n'y croyait pas une seconde et il ne pensait pas que Jude y croie non plus. Malgré tout, son ancien entraînement militaire était tenace. Abandonner une mission en cours ne lui allait pas, même s'il ne devait rien à l'Agence.

Il hocha la tête.

— *D'accord. Alors, allons régler ça.*

Jude le libéra et Hutch le bouscula, les guidant à nouveau en direction de la maison.

Derrière lui, il entendit Jude dire, d'une voix très basse, mais avec une remarquable ironie : « Ooo rah ».

HUTCH envisagea de nouveau de s'occuper du garde de la véranda. Ce serait un tir facile depuis le flanc de la maison. Un de moins. Mais son instinct lui hurlait que l'équipe tactique avait des yeux là-bas. Leur meilleure chance de terminer cette mission et de s'échapper de la villa était de le faire sans que l'Agence sache qu'ils étaient sur place.

Donc, à la place, Hutch les fit revenir vers la fenêtre de la cave. Il sentit Jude hésiter derrière lui, n'ayant aucune envie de retourner dans cette pièce. Néanmoins, une fois les pieds au sol, Hutch se retourna et tendit la main à travers la lucarne, faisant signe à Jude de le suivre. Il enjamba le cadre, ses bras le portant jusqu'en bas et Hutch l'assista dans sa descente avec un bras enroulé autour de son bassin – seulement parce qu'il savait que les épaules de Jude étaient encore douloureuses, bien entendu.

La porte n'était pas verrouillée. Ils avaient été plutôt présomptueux à l'idée que Jude ne puisse pas s'échapper. Hutch passa son arme sur son épaule et prit la tête en direction du couloir du sous-sol, le canon braqué. Les cloisons en Placoplatre pas entièrement recouvertes avaient bien plusieurs années derrière elles. Il y avait une caméra en bas de l'escalier qui enregistrait tout ce qui se passait dans le corridor de la cave, mais Hutch ne s'en inquiétait plus vraiment à présent. Il n'y avait personne pour les regarder, de toute manière. Il tendit l'oreille pour entendre le moindre murmure tandis qu'il remontait le couloir en restant à proximité du mur. Jude lui emboîtait silencieusement le pas.

En haut des escaliers de la cave, il y avait une porte. Les marches étaient trop étroites pour qu'on puisse se tenir de part et d'autre de la porte pour éviter les tirs, donc Hutch se contenta de pousser rapidement le battant, reculant lorsqu'elle s'ouvrit. Pas le moindre mouvement de l'autre côté. Il se pencha suffisamment pour vérifier l'étage, l'arme prête sur son épaule, le doigt sur la détente. Il n'y avait personne dans le hall.

Jude avait dit que la cuisine se trouvait tout au nord, ce qui la plaçait très certainement à sa droite. Hutch indiqua à Jude de ne pas bouger de l'embrasure menant au sous-sol et contrôla sa gauche. Hutch se dirigea tout droit vers la cuisine. Elle était vide. Il balaya la pièce du regard, s'assurant que personne ne s'y cachait. De retour dans le couloir, il se déplaça rapidement jusqu'à en atteindre le bout. Il y avait un local de stockage – vide. Le couloir s'achevait sur une porte latérale qui donnait sur l'extérieur. Hutch jeta un coup d'œil à la serrure pour s'assurer qu'elle était bien fermée. Il n'avait aucune envie que quelqu'un puisse se faufiler derrière eux.

Il remonta le couloir, passant devant Jude qui se tenait en haut des escaliers sur le palier de la cave, le Glock dans une main, prêt à tirer. Son visage était livide, mais indéchiffrable. Seigneur, ce type jouait sérieusement bien l'impassibilité.

Hutch pointa son menton vers lui. *On bouge.* Il savait qu'ils allaient devoir au moins se débarrasser d'un garde dans la maison, en plus d'avoir à éviter celui de la véranda. Une fois cela accompli, ils pourraient se frayer un chemin à l'étage et débusquer Bishara facilement.

Le couloir débouchait dans la cuisine, une grande pièce au sol carrelé. Hutch rasa la paroi à l'entrée du vestibule et jeta un coup d'œil. Jude était pressé contre le mur derrière lui. La salle dallée était peuplée de meubles en osier et servait de cour intérieure avec ses plantes en pot. Il y avait une immense baie vitrée à double battant qui menait à la véranda. Hutch n'arrivait pas à voir le garde dehors, mais de sa position, il pouvait retracer une partie de la véranda.

Il bougea pour aller coller son dos au mur de l'autre côté du vestibule afin de pouvoir avoir des yeux sur l'avant de la maison, puis il se pencha et sonda les lieux. Ce fut à ce moment-là que la chance de Hutch l'abandonna. À l'entraînement, on disait clairement de se pencher pour avoir une reconnaissance visuelle puis se retirer immédiatement. Au même moment où il capta le bruit de la détonation, une balle fila à toute vitesse près de son crâne.

Merde. Putain de merde. Ils s'étaient fait prendre et on leur tirait dessus.

D'une torsion et d'un élan, Hutch se rua de l'autre côté du couloir. Il poussa Jude à avancer un peu plus loin dans le vestibule. Il y eut un fracas de verre se brisant et au moins deux tirs croisés, le plâtre dans l'angle du couloir éclata dans une projection de poussière. *La véranda.* Hutch rongea son frein jusqu'à ce que les tirs aient cessé, puis se pencha momentanément en avant pour confirmer. Les vitres des portes de la véranda étaient fracassées et le garde dehors s'était mis à couvert derrière la table de jardin retournée, une sorte de monstruosité en métal, et pointait une arme dans leur direction.

Bon sang. Il aurait dû descendre celui dans la véranda en fin de compte. Avec tous ces coups de feu, l'unité de l'Agence devait maintenant être au fait de la présence de Hutch. Mais dans un combat, il n'y avait pas de temps pour des « et si ». En ce moment, sa priorité était de neutraliser ces deux tireurs et de garder Jude à l'abri.

Il y a au moins deux gardes au rez-de-chaussée : un dans le hall d'entrée et l'autre dans la véranda. Bishara se trouve probablement à l'étage et il sera armé lui aussi. La présence d'une femme est également à envisager.

Hutch savait ce qu'il avait à faire, mais il se haïssait d'avance pour ça.

Le passage dans la cuisine était relativement sûr – pas d'autres entrées à part la porte qu'il avait verrouillée et éventuellement plusieurs fenêtres, mais c'était peu probable. Il observa Jude qui avait le Glock entre ses deux mains levées et qui lui rendait son regard. Son visage ne trahissait aucune émotion, mais ses yeux étaient ronds et avaient pris une teinte orageuse. La sueur s'accrochait de nouveau à ses tempes. Hutch contracta la mâchoire. Bordel, il détestait ça.

Avec son équipe, il signerait avec des gestes spécifiques, mais il ne savait pas si Jude comprendrait, alors il dut garder leur échange à un niveau plus standard. Hutch pointa son propre torse, puis la porte et fit un cercle en direction de la véranda. Ensuite, il pointa le doigt vers Jude et dressa son arme et visa le couloir. *Reste là et tiens ta position.*

Mécontent, Jude pinça les lèvres, mais acquiesça.

Hutch se força à quitter Jude et à avancer dans le vestibule. Arrivé à la hauteur de la porte latérale, il la déverrouilla et l'ouvrit aussi discrètement que possible. Une alarme devait s'être déclenchée, mais l'endroit resta silencieux lorsqu'elle n'alerta que la salle de contrôle. Bien.

Hutch passa le seuil, se fraya un chemin jusqu'à l'arrière de la maison et scruta ce qui se passait à l'angle. Ainsi derrière le muret, il n'apercevait que le haut de la table de jardin dont le garde se servait comme d'une barricade. Accroupi, Hutch avança rapidement le long de l'espace pentu et étroit derrière la maison, faisant attention à ne pas faire bouger quoi que ce soit ni faire le moindre bruit. Il y eut une autre rafale de coups de feu à l'intérieur de la maison et il se servit du bruit pour couvrir son sprint. Il atteignit le mur de la véranda au moment même où les tirs cessèrent. Il s'aplatit tout contre, dos aux pierres. Il cala son fusil contre son épaule et attendit.

Il ne pouvait pas songer à l'état de Jude en ce moment. Si c'était un de ses hommes là-bas, ils sauraient qu'ils devaient continuer de tirer pour garder l'attention sur eux, mais Jude...

Hutch entendit la recharge de ce qui sonnait comme un Glock. Brave gars.

Il se redressa légèrement et se retourna pour poser le canon de son arme par-dessus le muret. De là où il était, il pouvait voir le garde derrière le haut de la table pointant son revolver vers la maison. Hutch n'en fit qu'une bouchée d'une balle dans la tête. Le garde émit un terrible grognement lorsque la balle toucha sa cible et il s'écroula sur le côté.

Un de moins.

Hutch connaissait le champ de tir à l'angle de la cuisine, et il avait donc une bonne idée de la visibilité directe du tireur dans le hall. Il sonda rapidement l'étage supérieur et la falaise, mais sans rien remarquer. Il sauta au-dessus du muret. Il chemina jusqu'à la baie vitrée explosée, fusil armé, en examinant l'intérieur de la maison à travers la lunette de visée. Un mur. Un mur. Un couloir.

Là. Ses yeux notèrent la présence d'un autre garde, un homme costaud avec des cheveux blancs, les yeux baissés sur le flingue qu'il rechargeait. Il se trouvait dans le vestibule à l'entrée. Hutch le visa avec la lunette et une seconde plus tard, appuya sur la détente.

L'homme s'étala sans un bruit.

Deux de moins.

À l'intérieur, Jude se pencha à l'angle, les yeux posés sur l'avant de la maison. Il constata le corps de l'homme dans le hall et se releva brusquement avant de tourner la tête vers Hutch.

Ce dernier savait qu'il n'était pas encore sorti d'affaires, mais il ne pouvait s'empêcher de se sentir soulagé à l'idée que Jude soit sain et sauf, qu'il n'ait pas été pris entre les coups de feu. Il baissa son arme et se fendit d'un sourire insolent pour son...

Il y eut un subtil grincement que Hutch connecta immédiatement à l'abaissement d'un cran de sûreté. Sans même réfléchir, il se retourna et plongea derrière la table de jardin au moment même où des détonations explosèrent autour de lui. Il entendit le bruit sourd de la rafale d'un automatique et jaugea des éclats de pierre danser sur le sol de la véranda.

Des étincelles volèrent là où les balles touchaient le plateau de la table en acier forgé.

Semi-automatique. Probablement un Uzi. Provient de l'étage supérieur au nord. Premier étage de la villa.

Bishara.

— Je t'ai eu ? Fils de pute ! Tu es un homme mort !

La voix était cruelle – la voix d'un homme habitué à donner des ordres et à parvenir à ses fins.

Le fer forgé de la table se dessinait simplement en petits trous, mais Hutch se pencha en avant, plaçant un œil devant l'un d'entre eux. Un homme aux cheveux bruns – Omar Bishara – se tenait sur le balcon du premier étage. Il était en peignoir et pointait un Uzi sur Hutch. D'après le fort écartement de ses jambes et sa posture, il était clair qu'il connaissait bien les armes.

Hutch envisagea de lever son propre flingue pour tenter d'abattre l'homme avant que celui-ci n'en fasse de même pour lui. Mais pour cela, il lui faudrait se relever au-dessus du niveau de la table pour avoir un angle de tir, or Bishara avait déjà le doigt sur la détente. En plus, un Uzi n'était pas vraiment une arme de précision. Ça ferait voler les balles dans un cercle assez large pour être sûr que même si Bishara était le pire tireur du monde, l'une d'entre elles trouve sa cible. Hutch n'avait pas envie de mourir devant Jude de cette manière.

Il n'avait juste pas envie de mourir, tout simplement.

Il resta aplati derrière la table et surveilla la véranda, mais la table était placée en plein centre. Il n'avait aucun moyen de quitter sa position sans se faire remarquer.

127

Chapitre Onze

JUDE discerna les tirs portés par un automatique comme s'ils étaient percés dans son propre crâne, même s'ils venaient de l'extérieur. Il vit la véranda éclater en morceaux de pierre. Il distingua Hutch disparaître derrière la table. Puis ensuite, la voix : celle de Bishara.

— *Je t'ai eu ? Sale fils de pute ! Tu es un homme mort !*

Le sang de Jude se glaça dans ses veines. Hutch était-il touché ? Sans doute, vu le déluge de balles qui avait plu avant même qu'il se réfugie derrière cette table. Seigneur, il était peut-être même en train de se vider de son sang, de mourir, *en ce moment même*.

Et Bishara avait toujours une arme. Il pouvait lancer une nouvelle salve à n'importe quel moment.

Jude ne réfléchit pas. Il se contenta de se retourner et de courir jusqu'aux escaliers. Seulement après avoir commencé à courir, il fut marqué par l'idée que les gardes n'étaient peut-être pas tous à terre. Hutch avait dit qu'il y en avait cinq, mais s'il y en avait six ? Ou même plus ?

Cela n'avait aucune importance. Il était déjà en mouvement et la peur le propulsait vers l'avant – le long du couloir, dans le hall où il sauta par-dessus la dépouille de Thomas – salaud – et en haut des marches.

Jude gardait à l'esprit qu'il devait se calmer. Il avait été entraîné. Il savait qu'il devait trouver de la place pour un peu de finesse et de logique, pour pouvoir mettre au point une bonne stratégie et non pas laisser la terreur l'envahir. Mais son cœur battait si fort qu'il pouvait sentir le sang être pompé dans ses veines et la tête lui tournait. Il continuait de s'attendre à entendre le coup de feu partir à tout instant, à entendre le son de l'exécution de Hutch. C'était insoutenable.

Il fallait qu'il aille vite. Vite. *Plus vite.*

En haut des escaliers, Jude dut faire un choix entre deux couloirs. Il cligna des yeux, souhaitant de nouveau intérieurement avoir gardé sa couverture assez longtemps pour avoir au moins découvert où Bishara dormait. Grâce à ses souvenirs, il tenta de se rappeler la direction de laquelle venaient les tirs de là-haut et la provenance de la voix de Bishara. Il choisit celui de droite, où était située sa propre chambre.

Il se rua dans le couloir, priant pour la discrétion. Le tapis aidait, ne laissant que ses lourdes respirations à assourdir, sur lesquelles retrouver un certain contrôle. Il haletait comme un animal. Le Glock dans les mains, il passa devant la porte close de sa chambre. Ce ne serait pas de ce côté-là du mur. Ce serait sur celui de gauche, le côté qui surplombait la véranda. Il y avait trois portes le long de ce mur-ci.

Devant la première, il hésita, sachant très bien qu'il pourrait être abattu à peine la porte poussée, cet automatique pouvant pivoter et le réduire en lambeaux. Mais sa pause ne fut marquée que par une seule seconde. Il garda le Glock dans sa main droite, tendit la gauche, tourna la poignée et poussa assez rudement la porte pour qu'elle pivote, mais pas suffisamment pour que ça claque. Il tenait le Glock bien droit, prêt à tirer.

La colère chassa la peur. *Si tu tues Hutch, je danserai sur ta tombe.*

Il s'agissait d'une chambre vide. Jude poursuivit avec la deuxième porte et répéta la manœuvre. C'était une salle de bain, tout aussi vide.

Seigneur. Combien de temps s'était écoulé ? Il avait l'impression que des heures avaient passé. Ou peut-être que cela ne faisait que quelques secondes depuis qu'on avait tiré sur Hutch dans la véranda. Était-il couché raide mort sur les dalles à l'instant même ?

La dernière porte. Parfaitement calme, inébranlable, il attrapa la poignée et la tourna, avant d'ouvrir la porte et de se poster dans une posture de tireur tandis qu'elle pivotait.

Premier coup d'œil : un énorme lit à baldaquin avec des colonnes découpées sur le côté d'une large chambre bien décorée. Au fond du couloir, les doubles portes débouchant sur le balcon étaient grandes ouvertes et Bishara se trouvait juste derrière dans son peignoir, présentant son dos à Jude.

Bishara dut avoir entendu quelque chose, puisqu'il jeta un regard par-dessus son épaule, ne souhaitant de toute évidence pas quitter complètement la scène en contrebas des yeux. Il y eut un éclair de reconnaissance dans ses yeux alors que Jude levait son arme, une seconde de « eh merde » rapidement suivie par de la haine.

Bishara tourna l'Uzi en direction de Jude, prêt à tirer.

Bizarre. C'était comme si Bishara se mouvait au ralenti. La notion temporelle était dépourvue de tout sens. Le doigt de Jude appuya sur la détente de son Glock et continua de tirer. *Pan, pan, pan.*

Ses tirs étaient un peu sauvages. Il en avait conscience alors même que les rafales s'allongeaient. Il nota qu'une balle avait touché Bishara à l'épaule et même pas celle avec le flingue, mais la gauche. La force du coup fit grogner et reculer Bishara, l'Uzi se balançant dans sa main.

Après quoi, la tête de Bishara explosa, le haut de son crâne disparaissant dans une giclée rouge. Son corps tomba au sol aussi lourdement et irrémédiablement qu'il l'aurait fait s'il avait été attaché et pendu à une corde sur l'échafaud.

Jude jaugea le revolver dans sa main, puis retourna son attention sur Bishara. Cela ne lui prit qu'une seconde pour comprendre que c'était Hutch qui lui avait tiré cette balle en pleine tête.

Hutch était en vie quelque part en bas. Et Omar Bishara était mort.

HUTCH pénétra dans la chambre à l'étage, la carabine rangée sur son épaule. Le corps de Bishara était au sol en travers de l'ouverture menant au balcon. Jude se tenait là, le Glock toujours dressé, des yeux vides fixés sur le corps de Bishara. En état de choc.

— *Jude.*

La voix de Hutch était basse et cherchait à attirer son attention.

Jude cligna des yeux et les leva vers Hutch. Il hocha une fois la tête, *comme pour dire qu'il allait bien.*

Il balaya le corps de Jude du regard, mais ne trouva aucune éclaboussure de sang. Il avait ce désir d'aller vérifier plus soigneusement, de déchirer ses vêtements de son corps et de vérifier que chaque parcelle de sa peau était bien intacte, de le confirmer de ses propres yeux. Mais il résista. Il avait des choses plus urgentes à faire.

D'un geste, il lui ordonna de rester là, puis se rappela que Jude ne comprendrait certainement pas sa signification. Peu importait, toutes les personnes à un kilomètre à la ronde devaient avoir entendu la fusillade de toute façon.

— *Reste là. Je vais contrôler le périmètre.*

Jude ne protesta pas et se contenta d'acquiescer. Hutch songea en riant intérieurement que c'était bien la première fois qu'il voyait Jude obéir docilement à quoi que ce soit.

Hutch commença à quadriller chaque pièce de la maison. Il vérifia la chambre de Bishara en premier, contrôlant le dressing et la salle de bain attenante. Rien. Puis, ensuite, il laissa Jude et sortit dans le couloir. La demeure était vaste avec de multiples fenêtres. Pour lui, il était évident qu'il n'arriverait pas à garder l'équipe tactique à l'écart très longtemps, mais il voulait s'assurer qu'ils n'avaient pas déjà un flingue logé dans le dos.

Il y avait une chambre de l'autre côté du hall avec une valise – probablement celle de Jude. Une autre chambre d'amis vide et une salle de bain. En haut des marches de l'escalier, il s'arrêta pour sonder d'une oreille l'étage du dessous sans rien percevoir, puis il longea le palier en direction de l'aile nord.

Dans cette dernière, se trouvaient plusieurs chambres vides. Au bout du couloir, il découvrit une femme dans une petite chambre, celle que Jude avait appelée Esme. Elle hoqueta lorsqu'il ouvrit le battant de la porte. Elle était dans son lit en chemise de nuit, ses cheveux méchés de gris détachés sur ses épaules. Elle avait les mains crispées dans un signe de prière et ferma brusquement les yeux lorsqu'elle vit Hutch, des larmes coulant sur ses joues. Si elle avait eu une arme, elle l'aurait déjà entre les mains. Jude avait raison. Elle ne représentait aucune menace.

— *Quédese aquí. No te hará daño.* Restez là et rien de mal ne vous arrivera, lui dit Hutch, espérant qu'elle comprenne soit l'espagnol, soit l'anglais.

Il la laissa dans sa chambre et poursuivit en bas. Il enjamba l'homme à terre dans l'entrée. Dans la salle de contrôle, le corps et la chaise avaient été déplacés. Quelqu'un l'avait découvert, donc, probablement le garde aux cheveux blancs. Ce qui expliquait la fusillade.

Hutch resta un moment pour regarder les enregistrements des caméras de surveillance. Il ne discerna personne d'autre dans la maison, mais il y avait de la neige sur deux des caméras du mur d'enceinte au lieu du flux habituel. Elles avaient été coupées.

Merde. Merde, merde, merde.

Il trottina jusqu'au hall d'entrée. Jude se tenait en haut des marches, l'attendant. Le Glock était toujours fourré dans sa main et pointait le plafond dans une prise lâche et indécise qui rendit Hutch nerveux.

— *La voie est libre ? demanda Jude.*

— *Ouais, mais on doit se tirer d'ici. Et vite.*

Jude opina du chef. Il cligna des yeux, parut se reprendre et baissa son arme.

— *J'ai un appareil de communication en haut. Vaudrait mieux que je l'emmène.* Attends-moi là.

Sans patienter le temps de recevoir une réponse, Jude disparut dans le couloir vers sa chambre.

Hutch alla dans le salon et regarda dehors. Il fallait qu'ils se faufilent à l'extérieur de la villa et qu'ils mettent le plus de distance possible entre eux et cet endroit. Mais de quel côté aller ? Par-dessus le mur du coin sud ? L'unité avait certainement quadrillé tout le périmètre. C'était ce qu'aurait fait l'équipe de Hutch.

Ils pouvaient toujours emprunter une voiture du garage et espérer fuir très loin. Il y aurait peut-être une télécommande dans chaque voiture pour ouvrir le portail de sécurité. L'équipe tactique croirait-elle que c'était Bishara dans le véhicule ?

Trop tard. L'équipe de l'Agence était en mouvement. Seule l'expérience de Hutch lui permit de le savoir, en dehors de l'épaisse impression de danger qui grouillait dans son ventre. Mais que voulaient-ils, à la fin ? Leur plan était-il vraiment d'abattre Hutch sur place pour faire croire qu'il avait été tué par un des hommes de Bishara et le faire passer pour un déserteur homo complètement fêlé ? Ou Jude et lui se montraient-ils parano depuis le début ?

Il trouvait toujours difficile de croire que la Marine américaine pouvait être son ennemi, qu'ils le neutraliseraient sans la moindre once d'hésitation. Mais s'ils avaient des ordres à respecter, ils ne s'arrêteraient pas en chemin pour évaluer son degré de bonté, particulièrement lorsque les menaces de Bormer et la politique « pas de question, pas d'hésitation » de l'Agence pesaient sur les épaules de chacun d'entre eux. Il était probable que les membres de l'équipe en question n'aient aucune idée de l'identité de Hutch. Ils ne sauraient pas que lui aussi avait été un Marine et ils s'en ficheraient bien. C'était juste une énième mission pour eux et Hutch était simplement une nouvelle cible à abattre.

C'était tellement tordu. Il sentit un éclat de rage lui tomber à nouveau dessus. *Bormer.* S'il survivait, un jour, il aurait cet enfoiré. Mais pour le moment, il fallait qu'il trouve un moyen pour qu'au moins Jude s'en sorte.

Qu'est-ce qui lui prenait autant de temps, en fait ? Ils auraient dû déjà avoir quitté les lieux. Hutch gagna de nouveau l'entrée. Lorsqu'il tourna au coin, il aperçut Jude dans les escaliers. Puis, il nota la figure blafarde et résolue de Jude et ses yeux gonflés… et le Glock que Jude pointait sans trembler sur Hutch.

Chapitre Douze

— *NOM de dieu,Hutch, pourquoi est-ce que tu es venu?*

Jude régla son Glock sur Hutch, les bras tendus, les coudes verrouillés et ses deux mains sur le revolver parce qu'il tremblait à grosses secousses. La rage et le désespoir floutaient sa vision avec de furieux sanglots.

Si Hutch n'était pas revenu le chercher, Jude aurait souffert et serait mort des mains de Bishara et ses hommes. Il le savait. Mais au moins, sa fin aurait été relativement rapide. Un jour ? Moins ? C'était quelque chose avec lequel Jude devrait vivre pour le restant de ses jours.

— *Pardonne-moi, craqua Jude.*

Hutch laissa pendre son arme dans son dos et leva lentement les mains, les paumes en l'air. Son regard ne quitta pas une seconde celui de Jude. Jude s'était attendu à de la confusion dans son expression, de la colère. Il s'était attendu au regard que lui avait lancé Hutch cette nuit au chalet, lorsqu'il avait compris que Jude était un traître. Au lieu de ça, il n'y avait que de la vigilance… et de la compassion.

— *Jude. Tu n'as pas à faire ça, dit doucement* Hutch.

— *Je le d... dois.* Je peux pas...

D'habitude, Jude était doué lorsqu'il s'agissait de raconter des bobards, mais à ce moment précis, sa poitrine était trop serrée pour que les mots passent ses lèvres. L'horreur glacée qui l'avait englouti lorsqu'il avait vu le message clignotant sur sa liseuse à l'étage... une photo de Lindy dans un viseur. Seigneur, elle n'était qu'une enfant ! Et l'ordre : *Tire et descends le capitaine Todd. Fais-le maintenant.*

Il avait entendu parler de ce genre de pratiques chez l'Agence. L'histoire à propos de la sœur de Hutch qu'on murmurait du bout des lèvres... Mais le choc et l'horreur qu'ils aient vraiment osé étaient toujours bien présents. Ils avaient *osé*, bon sang.

Hutch leva un peu plus ses mains dans un geste de reddition et avança d'un pas.

— *Ne bouge pas !* hurla Jude.

Hutch s'arrêta, les mains toujours en l'air.

— *Jude.* Ils t'ont coincé. Comment ? C'était un message ? Quelque chose dans ta valise je parie. Qu'est-ce que ça disait ?

Jude déglutit. La bile lui montait à la gorge, âcre et cuisante. C'était comme s'il avait goûté quelque chose provenant de l'enfer. Ses mots sortirent dans un murmure.

— *De te tuer. Je... n'ai pas le choix.*

Le Glock trembla dans ses mains. Jude l'agrippa plus fermement, mais cela ne fit qu'accentuer ses sursauts. *S'il vous plaît.*

Il retournerait l'arme contre sa propre personne si cela pouvait aider. Mais s'il le faisait, il y avait des chances pour qu'ils tuent quand même Lindy.

— *Je sais à quoi tu penses, dit* Hutch, les mains levées dans un signe d'apaisement. Je suis sûr qu'ils ont tout préparé pour toi. Ils t'ont probablement fait examiner le plan encore et encore. Je me trompe ? Je débarque. Je tue Bishara. Et ensuite, tu te débarrasses de moi. J'ai trahi mon pays en désertant, alors il ne faut pas que tu aies de remords à l'idée de me tuer. C'est ce qu'ils t'ont dit ?

Jude resta lèvres scellées. Ils avaient essayé de dépeindre Hutch – le grand capitaine Todd – comme une personne mentalement instable de la théorie du complot qui avait abandonné son poste et était extrêmement dangereuse. Mais Jude n'avait jamais pris leurs propos très au sérieux et il les avait complètement écartés de sa mémoire lorsqu'il avait rencontré Hutch pour de vrai.

Il ravala une douloureuse boule qui lui obstruait la gorge.

— *C'est... c'est elle qu'ils ont, Hutch.* Je ne peux pas...

Le visage de Hutch s'éclaircit sous la compréhension, puis il se fit pressant.

— *Écoute-moi, Jude. Il faut qu'on parte d'ici, et on doit le faire maintenant. Alors, je t'en prie, baisse ton arme. Ils te mentent. C'est moi qui l'ai. J'ai Lindy.*

— *Qu... quoi ?*

Le cerveau de Jude n'arrivait pas à faire circuler l'information.

Hutch pinça ses lèvres, l'air tellement franc.

— *Jude. Je l'ai fait évacuer. Je m'en suis occupé avant de prendre un vol pour Rio. Je peux te montrer ?*

Même s'il n'arrivait toujours pas à y croire, Jude baissa le Glock.

— *Quoi ? Qu'est-ce que tu veux dire quand tu dis que tu l'as ?*

— *J'avais deviné qu'elle était ton point faible, leur chantage.*

Il cracha ce mot.

— *Alors, je me suis assuré qu'elle se retrouve dans un endroit où ils ne pourraient pas la retrouver. J'ai demandé à un ami de s'en occuper. Regarde, j'ai une photo.*

Laissant une main en l'air, Hutch alla lentement fouiller une des poches intérieures de sa veste de camouflage et en sortit un téléphone. Il l'alluma, appuya sur la photo en question et pointa l'écran vers Jude.

Jude devait le voir de ses propres yeux. Il tenait le Glock dans sa main droite, tourné vers le sol, mais toujours en position qui pourrait se révéler létale en l'espace de quelques secondes. Il descendit lentement les marches, les yeux vacillant entre la photo et le visage de Hutch. Il avait conscience que cela pouvait tout aussi bien être une feinte et Hutch s'en servirait pour le désarmer lorsqu'il serait suffisamment près. Mais Jude ne ressentait plus rien. Tant que rien n'arrivait à Lindy, il se fichait bien de ce qui se passerait. Pas sa fille. Rien de tout ça n'était de sa faute à elle.

Lorsque Jude fut assez proche pour voir la photo avec netteté, il laissa échapper un gémissement et s'écroula complètement au bas de l'escalier. Il s'empara du téléphone.

— *Bon Dieu, Hutch ! Comment est-ce que tu as fait ? Où est-ce qu'elle est ?*

Il passa son pouce sur la photo. Lindy était assise sur les genoux d'un homme qui s'était agenouillé pour être à son niveau. C'était un soldat dans ses vêtements de civil, un jean et un tee-shirt, à n'en pas douter. Il avait de grandes oreilles, la boule à zéro et un sourire charmant. Lindy faisait joyeusement signe à la caméra, un sourire ridiculement grand aux lèvres.

— *C'est* Moby D. Un de mes amis. Je lui confierais ma vie. Je lui ai demandé d'aller la prendre et il s'en est occupé. Il est allé les chercher elle et sa nourrice à l'école. Elles sont avec lui et elles ne craignent rien. Ils ne peuvent pas l'atteindre, Jude.

— *Mais... ils viennent juste de m'envoyer une photo.*

— *Un faux.* Ils se servent probablement d'une vieille photo. Je te le dis, elle n'est pas à leur portée là où elle se trouve. Je te le jure.

Jude contempla un peu plus longtemps la photo et la terreur des dernières minutes desserra sa poigne et le libéra. Il ferma les yeux de soulagement.

— *Oh, Dieu merci. Oh, bordel de merde.*

Le Glock traînait, lâche, entre ses doigts. Il sentit Hutch le prendre délicatement et fut plus qu'enchanté de le laisser faire. Jude n'arrivait pas à le regarder dans les yeux.

— *Quels monstres* sans le moindre honneur. Je... Je suis désolé. Je ne savais pas quoi faire d'autre. Elle n'a que quatre ans.

— *Je sais.*

— *Je ne pensais pas qu'ils allaient vraiment... Tu entends les rumeurs, mais...*

— *Je sais, Jude. Tout va bien.*

Jude releva les paupières, s'attendant à voir de la révulsion ou au moins de la froideur sur le visage de Hutch. Mais il n'y avait que de la compréhension. Et peut-être que c'était dû au fait qu'il l'ait presque tué pour éviter à son innocente petite fille une violente fin. Ou peut-être que c'était parce que Hutch avait assez de jugeote et était suffisamment noble pour penser à secourir Lindy en premier. Mais il n'y avait pas d'échappatoire au fait qu'il soit éperdument et complètement amoureux du capitaine Todd. Il n'avait aucune idée de ce qu'il devait faire avec cette information, mais pour le moment, cela ressemblait surtout à un miracle.

— *Est-ce qu'ils ont autre chose sur toi ? demanda Hutch en étudiant son visage.*

Jude secoua la tête sans un mot.

— *Bien.* Parfait. On doit se tirer d'ici. Maintenant.

— *Ouais, accepta Jude. Oui.*

Cependant, il agrippa Hutch et l'embrassa à en perdre la tête. Cela ne dura qu'un instant, mais il fallait qu'il le fasse, il fallait qu'il lui démontre toutes les choses qu'il n'avait pas le temps de lui dire.

Pendant un bref instant, Jude se laissa complètement bercer par la sensation, par le corps ferme de Hutch de son torse à ses cuisses, par les battements de son cœur. Rapides. *En vie.*

Hutch le repoussa gentiment.

— *Plus tard. On y va.*

Jude opina. Hutch s'assura que la sécurité du Glock était enclenchée et le lui rendit. Jude le rangea dans sa ceinture.

Il y eut une forte détonation lorsque quelque chose s'écrasa sur la porte. Le bois se fendit. Hutch attrapa le bras de Jude et ils se mirent à courir en direction de l'arrière de la maison.

HUTCH avait détaché sa carabine et l'empoignait de sa main droite. Il tira Jude à l'arrière. *Va-t'en, va-t'en, va-t'en.* Tous les scénarios possibles défilaient dans sa tête. Leur meilleure chance serait la cave. S'ils arrivaient à descendre tout en bas, peut-être qu'ils parviendraient à se faufiler par la fenêtre. Hutch l'avait fait pour entrer. Toute équipe digne de ce nom couvrirait probablement les murs latéraux, mais ils avaient toujours une chance de s'en sortir par là. L'avant et l'arrière de la maison étaient sans doute infranchissables.

Lorsqu'ils gagnèrent le vestibule menant à la cuisine et à la cave, il ne ralentit pas une seconde. Il tourna à l'angle, empoignant toujours le bras de Jude. La porte de la cave était ouverte, et avant même qu'ils ne puissent y arriver, Hutch remarqua une lumière verte contre l'embrasure.

Bordel. Un homme ou plus était en train de monter. La lueur verte de leurs lunettes de vision nocturne les trahissait. Il ramena rapidement Jude là d'où ils venaient et lorsqu'ils atteignirent la jonction, il ne leur restait plus d'échappatoire si ce n'était la véranda.

Le clair de lune éclairait les dalles de la vaste terrasse. De ce qu'en voyait Hutch, il n'y avait personne, mais cela ne voulait pas dire qu'ils n'étaient pas là, éventuellement sur le toit ou longeant latéralement la demeure. Il y traîna quand même Jude. *Pas le choix.* C'était maintenant qu'il se disait qu'il aurait bien voulu avoir fait un tour de la limite de la véranda. Peut-être que la chute de la falaise n'était pas si importante. Peut-être qu'ils arriveraient à atteindre le muret.

Une fois dehors, Hutch balaya la véranda de gauche à droite sans noter la moindre évidence d'une silhouette dans l'obscurité, mais il y avait trop d'ombres à son goût. Il se dirigea immédiatement vers le bord faisant face à la mer, tirant toujours Jude derrière lui par le coude.

— *Trouve un moyen pour descendre ! lui* dit-il.

Hutch ne détachait pas ses yeux de la villa. Il pointa son arme en direction des ouvertures, attendant une cible à viser. Bordel, ils étaient vraiment en mauvaise posture. Grâce à la lune, la véranda était encore plus illuminée que l'intérieur de la maison encore essentiellement éclairée par le faible éclairage, et ils étaient exposés à une bonne douzaine de fenêtres. Tout lui criait de plaquer Jude à couvert sur le sol dallé derrière la table de jardin, mais une fois qu'il l'aurait fait, ce serait la fin. Ils ne trouveraient plus aucune issue.

— *Quelque chose ? demanda* Jude, tentant de transpirer l'impassibilité.

— *Je pense qu'il y a un sentier à peut-être six mètres sous nos pieds qui descend la falaise. Mais il nous faudrait une corde.*

Hutch en portait toujours une, noire en nylon, dans son paquetage. Il doutait qu'ils aient le temps de la fixer, mais ils devaient au moins essayer.

— *Il y a une fermeture éclair à l'arrière de ma veste, murmura-t-il.* Une corde noire. Sors-la.

Ce fut lorsque Jude commença à dézipper la poche que Hutch le sentit, puis il le vit. Il baissa la tête et aperçut le point rouge sur sa poitrine. Il n'avait pas besoin de regarder pour être certain qu'un autre se dessinait sur son crâne.

— Jude, dit-il doucement. Ne bouge pas.

Dans sa vision périphérique, il rencontra la forme complètement immobile de Jude. Hutch n'osait pas faire le moindre mouvement, mais il scanna d'un regard la villa et trouva les snipers. Il y en avait un allongé sur le toit à l'extrême droite. Un autre à l'intérieur de la maison à une fenêtre du premier étage à leur gauche, assez loin pour que son contour soit presque imperceptible.

Hutch savait qu'il pouvait esquiver, faire une roulade et en abattre un, peut-être même les deux. Mais s'il pouvait en voir deux, il y en avait certainement plusieurs autres qu'il ne pouvait pas voir, et certains dans la villa même. Puis, il fallait qu'il pense à Jude. Ils lui avaient ordonné de le neutraliser. Ce qui signifiait que pour le moment, c'était Hutch la cible. S'il jouait bien ses cartes, Jude pourrait s'en sortir vivant. Et Hutch n'allait pas laisser passer cette chance. Pas sachant qu'il allait sûrement mourir de toute façon.

Lentement, Hutch leva sa carabine et sa main libre en l'air. Il avait toujours la possibilité de les rabaisser et d'ouvrir le feu s'il le voulait. Il ne capitulerait pas sans quelque chose en retour. Avec un peu de chance, le meneur tenait assez à ses hommes pour ne pas le tenter.

Il attendit.

L'ordre vint rapidement.

— Capitaine Todd, jetez votre arme au sol !

Hutch ne bougea pas d'un millimètre. La voix leur parvenait depuis la porte éclatée de la véranda. Hutch sonda l'obscurité à l'intérieur, tentant de repérer la position du meneur. Une silhouette émergea des ténèbres et passa la porte, une arme au repos dans les mains.

— *Jude, mets-toi derrière moi, trancha Hutch d'une voix mortellement calme.*

Il ne pouvait pas garder un œil sur le meneur, les snipers et Jude tout à la fois.

— *Oublie,* Rambo, déclara Jude, confiant et sincère. Preum's sur celui du toit.

Hutch avait autant envie de rire que de jurer. Jude n'était pas un lâche, il n'y avait pas de doute là-dessus.

— Jude… commença-t-il.

— Capitaine Todd ! beugla l'homme. *Hutch.* Espèce de sale enfoiré obstiné ! Je t'ai dit de lâcher ton arme.

Il y avait quelque chose de familier dans la voix du meneur. Il portait la tenue noire de camouflage habituelle et de la peinture du même noir sur le visage, et son visage restait dissimulé par les ombres. Mais il y avait quelque chose dans sa façon de se tenir, celle de se reposer sur un côté…

— *Si nous avions prévu de t'abattre, nous l'aurions déjà fait, petit génie. Alors, dégage ce flingue de là avant que quelqu'un ait la gâchette facile. Ce serait vraiment déplorable après que je me suis donné toute cette peine.*

L'homme avança et Hutch comprit. C'était Randy – Randy Stansen, un des meilleurs hommes de son équipe. Maintenant, ce qui allait se passer, Dieu seul le savait.

Randy passa sa carabine sur son épaule pour montrer sa bonne foi. Mais il n'en avait pas besoin. Randy avait toujours été un bon – trop même.

De toute évidence, il était devenu capitaine. Il pouvait ordonner à son équipe de tirer d'un tremblement de doigts.

— *Comment est-ce que tu as réussi à te faire affecter à une connerie pareille ? le* questionna Hutch, la voix portant une fausse trace de jovialité. Tu es vraiment au bord du gouffre.

— *Ouais, une vraie connerie, tu l'as dit. J'ai fait jouer quelques faveurs.* Maintenant, baisse ton arme, Hutch. Baisse-la pour qu'on puisse parler.

Hutch déglutit, tentant de mesurer toutes les possibilités dans sa tête. Qu'est-ce que Randy faisait là ? Ceux du centre de contrôle devaient être suffisamment futés pour envoyer une équipe qui ne savait rien de lui, non ? Une qui serait capable et disposée à le neutraliser sans sourciller. À moins que Randy ait une dent contre lui maintenant ? À tel point qu'il se serait porté volontaire pour le job ? Peut-être que l'Agence lui avait complètement lavé le cerveau.

S'attarder dessus ne servait à rien s'il n'arrivait pas à deviner par lui-même. La priorité du moment, c'était Jude. Et les chances qu'il se fasse descendre seraient bien plus importantes si les balles commençaient à voler.

Hutch usa d'une voix grave, celle de capitaine.

— *Que dis-tu de ça ? Laisse Devereaux partir. Il n'a rien fait de mal. Tu fais ça et je te donne ma carabine.* Elle est super sympa. J'ai ajouté une lentille Prostaff Nikon moi-même. Même toi tu pourrais tirer droit avec ça, Stansen.

Randy serra les poings avant de les desserrer, signe de son irritation.

— *Je sais que Devereaux n'a rien fait à part fricoter avec une feignasse comme toi. Baisse cette putain d'arme, Hutch, avant que je ne doive t'éliminer. Je ne risquerai pas la vie de mes hommes. Tu le sais. C'est ta putain de dernière chance.*

Randy était sérieux, Hutch en avait conscience, et il s'était bien fait comprendre. Il fléchit les genoux pour laisser doucement tomber l'arme au sol – il n'allait pas l'endommager en plus de ça. Il se redressa et noua ses mains derrière sa tête. Il osa un coup d'œil derrière en direction de Jude. Parce que franchement, si on allait lui tirer dessus, il pouvait au moins faire ça.

Celui-ci était adossé contre la rambarde de la véranda avec son Glock coincé en l'air, visant le sniper sur le toit.

— *Toi aussi, Devereaux, l'interpella* Randy. Lâche ça.

Deux des points rouges avaient fui Hutch et apparaissaient désormais sur le corps de Jude, l'un d'entre eux en plein milieu de son front.

— *Jette ton arme, Jude ! somma* Hutch.

De marbre, Jude riva ses yeux sur lui. Il baissa son revolver et le laissa chuter sur les dalles. Imitant Hutch, il leva les deux mains sur sa tête.

Randy fit un signe de la main et un homme armé sortit de la villa tandis que les snipers ne lâchaient pas leurs cibles des yeux. Sous ses peintures faciales, le gars en question avait l'air jeune et Hutch ne le reconnaissait pas. Il projeta leurs armes plus loin et commença à fouiller Hutch avant que Randy ne reprenne soudain la parole.

— *Laisse. C'est sûr que cet imbécile en a d'autres, mais c'est pas le moment.*

Sans un mot, le Marine recula, récupéra les armes abandonnées de Jude et Hutch et vint se placer derrière Randy.

Hutch n'était pas encore sûr du jeu auquel jouait Randy, mais cette impression de danger était toujours là, insistante. Il pouvait sentir Jude derrière lui, percevoir son souffle contre son cou. Vivant. Il fallait que ça reste ainsi.

— *OK.* Y a plus d'armes levées, dit-il. Maintenant, laisse-le partir.

Il hésita.

— S'il te plaît.

Randy poussa un soupir audible.

— *Putain*, Hutch.

Le silence régna pendant quelques instants.

Hutch tenta de cerner les intentions de Randy sans y parvenir. Autrefois, ils étaient proches l'un de l'autre. Ils s'étaient mutuellement sauvé la vie une bonne douzaine de fois. À présent, il avait l'impression de poser les yeux sur un étranger.

— Bishara est mort, fit Randy sans ambages.

— *Ouais.*

— *Super.* Cette foutue mission est accomplie.

— *Mais le bouc émissaire court toujours, fit remarquer Hutch, un peu amer.*

Randy renifla.

— *Ah ouais ?* Bah, j'ai entendu dire que ce gars était un beau salaud. Mais peut-être que je suis mal renseigné. T'as une corde ? À moins que tu commences à perdre la mémoire avec l'âge ?

— *Ta gueule. J'en ai une.*

142

— Bien, mets-toi au boulot alors. Allez, barrez-vous.

Randy fit un signe de menton en direction de la rambarde.

Jésus Christ. Il était sérieux ?

Pour la toute première fois, Hutch se prit à espérer. Une sensation de légèreté provoquée par l'incrédulité, la joie et le besoin désespéré d'éclater de rire pour détendre l'atmosphère l'envahit. Randy les laissait partir ? Vraiment ? C'était trop beau pour être vrai. Hutch jeta un regard à Jude. Il avait les yeux écarquillés par l'incertitude.

Hutch ne put empêcher une once de cette légèreté de s'exprimer.

— Où sont mes bonnes manières ? Jude, Randy. Randy, Jude.

— Euh... ravi de te connaître ? fit Jude, une pointe d'ironie dans la voix.

— Hé, le salua froidement Randy. Il est trop mignon pour toi, papi, dit-il à Hutch. C'est quoi cette sale tronche ?

— C'est sûr que tout paraît plus canon après avoir vu les têtes de l'Agence toute la journée.

— Ouais, ouais. Si tu penses que tu peux y arriver, peut-être que ton chéri et toi vous pouvez penser à vous faire la belle maintenant. Pas qu'on soit pressés, je tiens à le dire.

Hutch demeura silencieux, secouant simplement la tête, toujours sous le choc. Il atteignit son sac, dézippa la poche et sortit la corde en nylon. Il baissa les yeux vers le bord de la falaise et Jude lui pointa le petit sentier en dessous. Cela ressemblait à un chemin emprunté par les surfeurs, raide, mais faisable. Toutefois, c'était une chute de six bons mètres jusqu'en bas. La corde serait tout juste assez longue.

Hutch chercha un endroit où la nouer, mais le mur était lisse et solide. La table en fer forgé était toujours par terre à côté de la dépouille du garde.

— Faut que je dégage ça, dit-il.

Randy fit un signe impatient de la main. *Vas-y.*

La table était horriblement lourde. Jude et Hutch la portèrent en travers de la terrasse et la posèrent contre un mur pour s'en servir comme d'un ancrage. Hutch noua un bout de la corde au pied de la table. Toute cette situation, avec Randy et le reste de son équipe se tenant là à les regarder faire, était complètement surréaliste. Ouvriraient-ils le feu lorsque Jude et lui se trouveraient sur la corde ou même plus loin sur le sentier ? C'était une possibilité si leur but était de donner l'impression qu'ils les avaient surpris sur le point de se sauver lorsqu'ils les avaient rattrapés.

143

Mais il ne servait à rien de se creuser les méninges là-dessus. Et il n'avait pas envie d'effrayer Jude. Avec ce qu'il espéra être un regard réconfortant, il l'aida à passer de l'autre côté. Il avait peur que Jude ne supporte pas la descente après avoir été ficelé au plafond pendant plusieurs heures, mais celui-ci dévala lentement, mais avec rigueur, la falaise une main après l'autre avant de poser un pied sur le chemin.

Hors de danger. Ou presque, du moins.

Hutch se retourna vers Randy. L'équipe ne montrait toujours pas le moindre signe de mouvement si ce n'était les regarder s'en aller. Se sentant soudain reconnaissant, il lui offrit un bref salut.

— *Merci*, capitaine Stansen.

Randy l'imita.

— *Adieu*, Capitaine. Et Hutch ?

— *Ouais* ?

— *Disparais correctement, cette fois-ci.*

Il y avait un avertissement dans sa voix. *La prochaine fois, je ne pourrai pas te sauver les fesses.*

— *Ouais, c'est ce que je compte faire.*

Hutch passa de l'autre côté.

Lorsqu'il atteignit le sentier, il laissa la corde sur place et Jude et lui prirent la direction de la plage.

Chapitre Treize

COMME lors de nombreuses missions, le contrecoup fut long et morne, et Hutch se sentit à la fois euphorique et tendu. Il était en vie. Jude était en vie. Et Jude était avec lui. Le dénouement était bien meilleur que ce qu'il pouvait s'autoriser à imaginer, tellement même qu'il s'attendait presque à ce qu'on le lui arrache de quelque manière – que la *vraie* unité envoyée par l'Agence cachée dans l'obscurité ouvre les hostilités, ou même que Jude se tourne vers lui et lui dise « Merci de m'avoir sauvé, mais je vais y aller ». Mais cela n'arriva pas.

Ils récupérèrent le sac que Hutch avait planqué à quelques kilomètres de la villa. Il contenait son passeport, du cash et un autre téléphone jetable prépayé. Il était cinq heures du matin heure locale à ce stade, ce qui faisait quatre heures à Washington, mais ils appelèrent Moby D quand même.

Il répondit dès la première sonnerie, la voix enrouée par le sommeil.

— *Ouais ?*

— *On est sortis*, déclara Hutch, réalisant une nouvelle fois à quel point il était chanceux sur le coup. Comment va la môme ?

— *Bien. Elle dort. Tu vas bien ? Des blessés ?*

— Devereaux et moi, on se porte bien.

Hutch se demanda si Moby D savait ce que Randy prévoyait de faire et inversement. La reconnaissance le submergeait.

— *Je te dois une fière chandelle.*

— *Nan. C'est moi qui t'en devais une*, Cap. Maintenant, on est quittes. Alors ? Quand est-ce que tu prévois de venir les chercher ?

— Faut encore que je voie ça. Je t'appelle quand je saurai. Dis, ça te dérange que je te passe le père de Lindy une minute ?

Jude était pratiquement en train de sauter sur place lorsque Hutch lui passa le téléphone. Il posa un paquet de questions au sujet de Lindy : ce qu'elle avait mangé, comment elle dormait, si elle avait son ours en peluche. Il était clair d'après ce qu'il entendait de la conversation que Jude était bien plus impliqué dans la vie de Lindy qu'il ne l'avait présumé. Et c'était une bonne chose. Moby D passa l'appareil à la nourrice pour que Jude puisse lui assurer qu'elle avait fait le bon choix.

Une sonnerie tinta lorsque Moby D envoya une photo de Lindy en train de dormir à Jude. Ce dernier la contempla pendant un long moment avant de remettre le téléphone contre son oreille.

— *Non, ne la réveille pas. Ça ne ferait que l'exciter. Dis-lui juste que je l'aime et que j'arrive aussi vite que possible.*

Après avoir raccroché, Jude étreignit Hutch dans l'étau que formaient ses bras. C'était la première fois qu'ils se touchaient depuis qu'ils avaient quitté la villa de Bishara et une vague de soulagement les engloutit. Il faisait encore noir dehors et les nuances de l'aurore commençaient tout juste à se montrer à l'est. Ils se trouvaient dans un petit bosquet au bord de la route là où Hutch avait laissé ses affaires. Pas même ses sens de parano ne le titillaient, ils étaient complètement seuls.

— *Alors, ce gars, Randy, comment est-ce que tu le connais ?*

— *On était dans la même unité. Huit ans avec ces gars-là. Avec Moby D aussi.*

Jude recula pour avoir un bon œil sur Hutch.

— *Tu devais inspirer beaucoup de loyauté.*

Hutch ne répondit pas, mais, à l'intérieur, il se sentait abasourdi. Pour être franc, après avoir quitté l'Agence et avoir disparu, un goût amer lui restait dans la bouche en repensant à son ancienne équipe. Il avait mis entre les mains de ces types sa vie, il avait cru qu'ils étaient plus proches qu'il ne l'avait été ou qu'il ne le serait jamais avec personne. Et en fin de compte, il avait tourné les talons, le poids de la solitude le dévorant. Cela signifiait beaucoup pour lui de constater qu'ils ne l'avaient pas oublié, qu'ils protégeaient toujours ses arrières.

— *Et toi ? Qu'est-ce que tu vas faire maintenant, Jude ?*

Il n'avait pas prévu de le lui demander, mais il avait un besoin soudain de connaître la réponse.

— *Tu peux sûrement revenir à ta vie d'avant. Leur dire que Lindy était chez un ami. Leur dire que je t'ai assommé et que je me suis tiré. C'est pas comme si ça allait les étonner que tu ne puisses pas m'éliminer à toi tout seul.*

Jude renifla.

— *Merci,* Rambo.

— *Je suis sérieux.*

Hutch l'était. Parce que Jude était toujours là, ses bras enroulés dans le dos de Hutch, le *regardant* avec ces yeux-là. Hutch avait besoin de savoir si tout allait disparaître lorsque viendrait le matin.

Le sourire de Jude s'estompa.

— *Je ne peux pas me permettre de remettre Lindy dans une telle situation. En tant que père, je ne peux tout simplement pas le faire.*

— *Ils ne peuvent pas tout le temps se servir de ce genre de conneries. Si Bormer n'a pas encore eu de problèmes avec ça, c'est parce qu'il ne l'utilise pas souvent.* Ils ne feront peut-être plus de menaces à l'encontre de Lindy, si ça se trouve.

— *Je ne peux pas courir le risque.*

Jude secoua la tête, frustré.

— *Écoute-moi.* Ce n'est pas aussi facile que ça de disparaître. Tu dois abandonner tout ce que tu connais. Repartir à zéro. Tu comprends ?

Déterminé, Jude croisa le regard de Hutch.

— *Oui. J'ai conscience que c'est une décision importante à prendre, pour moi comme pour Lindy. Mais je n'ai pas envie de penser à tout ça pour l'instant. Je suis trop crevé. Tout ce qui compte maintenant, c'est que tu sois en vie, moi aussi et que Lindy soit en sécurité. Je veux juste en profiter pendant quelques heures. OK ?*

— *Ouais. Ouais.* C'est bon, ça me va.

Hutch serra Jude contre lui et celui-ci ravagea ses lèvres d'un baiser. Il n'y avait rien de timide là-dedans, un peu comme Jude lui-même.

Ses deux mains étaient nouées derrière la nuque de Hutch et sa langue explorait sa bouche. Hutch lui céda sans tarder. Son corps avait tant bien que mal essayé de ne pas ployer sous la rechute de l'adrénaline, mais elle remontait désormais en flèche dans son organisme sous le désir qui montait rapidement. Frôler la mort avait le don de produire cette réaction chez un homme : le faire bander comme s'il n'y avait pas de lendemain. Et c'était Jude, évidemment. *Putain, Jude.* Il était complètement dingue de ce type. Aujourd'hui plus que jamais.

Il agrippa le bassin de Jude et moula son corps au sien. L'excitation suave pulsa à l'endroit où le membre dur de Hutch était pressé contre celui de Jude. Il commença à défaire la boucle de la ceinture de ce dernier.

Jude se détacha.

— *Pas ici.* Je veux qu'on fasse ça à notre rythme. Tu crois qu'on peut risquer de prendre une chambre ? Si c'est assez petit et qu'on paie en liquide ? J'ai envie de te dévorer comme jamais, et après, faudra dormir pour au moins un million d'années, enfin, si on peut faire ça sans passer dans l'autre monde, tu crois qu'on peut ?

Hutch considéra l'idée. S'il était le centre de contrôle et qu'on lui avait dit qu'ils s'étaient échappés, il ferait envoyer l'unité sur place quadriller le périmètre. Mais c'était Randy qui était à la tête de cette équipe et il y avait de bonnes chances pour qu'ils soient les seuls envoyés de l'Agence assez près dont ils devaient s'inquiéter pour le moment.

N'empêche. Ils devraient déjà être très loin à l'heure qu'il était. C'était ce que Hutch aurait fait s'il avait été seul. Mais il ne l'était pas. Jude avait l'air épuisé. Et Hutch avait plus envie de coucher avec lui que de se remettre à courir.

— *On va trouver quelque chose. Viens.*

Ils se retrouvèrent dans une ancienne pension située sur la côte à huit kilomètres au sud. Hutch revêtit un jean, un tee-shirt et une casquette de base-ball qu'il avait emmenés avec le reste de ses armes et planqués dans son paquetage. Ils avaient l'air presque sans histoires lorsqu'ils demandèrent à un vieil homme sur une bicyclette où ils pouvaient trouver un endroit où loger. Ils traversèrent un tel labyrinthe de ruelles pour y arriver que Hutch ne douta plus qu'il y aurait peu de chances qu'on les retrouve, même si on les cherchait. Une petite enseigne écrite à la main à la fenêtre fut la seule indication que la demeure prenait bien des pensionnaires.

La chambre était étriquée, mais le lit avait l'air accueillant et la fenêtre ouverte laissait entrer les premières lueurs du jour, le parfum de la mer et du bougainvillée derrière la vitre.

Sans prononcer le moindre mot, Jude partit prendre une douche. Hutch resta debout, pas certain de ce qu'il devait faire. C'est là que Jude revint dans sa tenue d'Adam et tendit une main vers lui.

— *Ça, c'est la bonne manière d'adresser une invitation*, murmura Hutch tandis qu'il laissait Jude le tirer dans la salle de bain.

— *Pas le temps de jouer les timides*. Je ne vois pas assez de peau pour le moment.

Jude essaya d'enlever le tee-shirt de Hutch, qui l'aida dans son entreprise en s'en débarrassant lui-même.

Dans la baignoire, Jude s'empara du savon et le passa dans le dos de Hutch. Il le sentit passer sur une longue écorchure qu'il s'était faite en descendant le mur de la villa. Il avait des petites entailles ou des bleus, en plus d'un morceau de chair arraché sur son bras qui devait venir de la fusillade dans la véranda. Il ne l'avait même pas remarqué. Néanmoins, il était plutôt indemne tout bien considéré. Lentement, Jude se mit à le laver, vénérant presque chaque ligne de ses muscles de ses effleurements.

— *C'est toi et moi, je me trompe ?* demanda Hutch.

Parce que la tendresse serait quasiment insupportable s'il en était autrement et il préférait encore une baise rapide si Jude n'était pas… quoi exactement ? Sérieux ? Jouait-il encore un rôle ? L'idée était stupide.

— *C'est toi et moi, convint* Jude.

Il hésita.

— Pourtant, je ne suis même pas sûr de savoir qui « je » suis pour le moment. Mais qui que je sois lorsque je suis avec toi, c'est aussi vrai que ça peut l'être. C'est ce que je veux.

Bizarrement, Hutch se retrouvait parfaitement dans la profondeur de ses mots. Depuis qu'il avait quitté l'Agence, il s'était plus d'une fois senti perdre pied avec la réalité, pas certain de savoir qui il était s'il n'était pas un Marine ou un chef d'équipe. Mais avec Jude, il se sentait complètement connecté avec le moment présent.

Lorsque Jude arriva à l'entrejambe dressé de Hutch, toutes les chances de faire leur toilette furent perdues. Il plaqua Jude contre la paroi carrelée et l'embrassa fougueusement, se collant entièrement à lui. Jude leva une jambe et la passa au-dessus du bord. C'était tout ce dont Hutch eut besoin. Son membre humide força le passage sous ses testicules, mais l'angle n'était pas idéal.

— *Le lit, marmonna Jude contre les lèvres de Hutch.*

Celui-ci acquiesça, tâtonnant pour ouvrir l'arrivée d'eau.

Ils parvinrent à se débarrasser d'une bonne partie du savon avant qu'ils sortent dans un fouillis de peignoirs et de peaux humides de la salle de bain jusque dans le lit, Hutch au-dessus de lui.

Jude ne tarda pas à prendre fermement la verge de son partenaire en main et à la coller contre ses fesses.

— *Du lubrifiant, grogna Hutch, frustré.*

— *Bon sang, des fois je déteste être un mec, se plaignit Jude.* Il y a de la crème pour les mains dans la salle de bain.

— *Nan, j'ai ce qui faut.*

Hutch se releva, alla jusqu'à son sac et en sortit un flacon de lubrifiant et un préservatif.

— *Sérieusement ?*

Jude se fendit d'un sourire.

— M. le Marine. On n'oublie pas la corde et *le lubrifiant.*

— *Quoi ?* C'est toujours bon d'en avoir pour les charnières ou je ne sais pas.

Hutch n'était pas près d'admettre qu'il avait jeté le flacon et les préservatifs en espérant au fond de lui que quelque chose se passerait entre eux.

— *Quoi qu'il en soit, tu devrais me remercier à genoux pour ça maintenant.*

— *C'est tentant, mais j'avais autre chose en tête.*

Jude se retourna et poussa son bassin vers lui.

Hutch avait de bons souvenirs des prouesses de Jude avec sa bouche et il n'avait pas pu s'empêcher d'y penser, même lorsque la colère le submergeait. Du coup, une part de lui avait envie d'enjoindre Jude à faire ce qu'il avait en tête, si ce n'est que pour quelques minutes. Mais d'un autre côté, jamais un homme aussi étourdissant ne s'était offert à lui de la sorte, et Jude était vraiment canon dans cette position. Et putain, il avait un fessier d'enfer.

Hutch décida que la fellation pouvait attendre jusqu'au deuxième round, qu'il espérait sincèrement venir très vite.

Il remonta sur le lit et s'installa entre les cuisses de Jude en laissant tomber le flacon. Jude paraissait apprécier lorsque Hutch menait la danse et à l'instant présent, ils avaient tous les deux besoin de relâcher la tension. Il passa ses doigts dans les cheveux noirs épais de Jude avant de refermer le poing dessus et de tirer, exposant légèrement son cou. Bloqué sur ses coudes, Jude laissa échapper un gémissement. Hutch força Jude à écarter un peu plus les jambes et plongea un doigt dans le flacon. Il pénétra Jude sans attendre. Aussitôt qu'il sentit le corps de Jude lui céder le passage, ses muscles se détendant, il enfila un préservatif et se plaça devant son antre. Il marqua une pause, les narines dilatées, souhaitant tout simplement profiter du moment, de l'image que rendait Jude sous lui en ce moment, de l'anticipation.

— *Bordel, Hutch.* Baise-moi en me montrant que tu ne plaisantes pas. Que tu ne peux pas vivre le reste de ta vie sans le faire.

C'est ce que Hutch fit. Il le pénétra lentement jusqu'à la garde, le corps de Jude se laissant aller au fur et à mesure. Il était serré, serré, serré. Jude cria comme s'il était sur le point de mourir. Une fois que Hutch fut bien en place, il se mit à pilonner Jude, vigoureusement et de manière inexorable, tirant sa tête vers l'arrière de sa main toujours emmêlée dans ses cheveux. Le rythme des va-et-vient avait une forme d'intensité sur l'excitation de Hutch et il était certain que Jude pouvait sentir aussi ce mélange de plaisir et de douleur, et cette notion comme quoi c'était « *presque trop* ».

— *Ah, t'arrête pas*, fit Jude entre ses dents. J'ai besoin de ça.

En guise de réponse, Hutch accéléra l'allure de ses à-coups. C'était si parfait qu'il eut l'impression d'en perdre la tête. Jude était tout sauf passif dans leurs ébats, essayant toujours de prendre les rênes de sa position, ondulant le bassin pour prendre le contrôle du rythme et se cambrant fermement contre les mains de Hutch, employant des instructions obscènes d'une voix rocailleuse.

Hutch n'aurait voulu échanger cela pour rien au monde.

Le corps de Jude devint malléable, moite et lâche au fur et à mesure de ses va-et-vient. Il ignorait comment, mais il parvenait à rester à un pic de plaisir sans jamais dépasser la limite qui le ferait soudain chuter, cependant, il avait besoin de plus de contact. Il libéra sa prise sur les mèches de Jude et se colla contre lui, poussant Jude à s'allonger contre le matelas, entremêlant leurs jambes et leurs mains ensemble et continuant de le pénétrer langoureusement. Il adorait le faire dans cette position, lorsque Jude était complètement étendu sous lui, leurs corps se touchant en tout point. Il adorait l'impression de longueur vis-à-vis de sa verge se mouvant à l'intérieur de Jude dans cet angle et la manière dont Jude frissonnait à chaque fois que Hutch touchait sa prostate.

Jude tourna la tête pour réclamer un baiser et leurs langues se trouvèrent, même si leur respiration était trop erratique pour qu'ils puissent faire durer le moment. Les cuisses de Jude se mirent à trembler. Il était proche. Et Hutch n'était pas très loin de ressentir la même chose.

— *Bon sang. Si bon, dit Jude avec assez d'amertume pour faire fleurir un sourire sur le visage de Hutch.*

Moi aussi je suis fou de toi, songea Hutch sans rien dire à voix haute. Au lieu de ça, il continua de le pilonner, toujours plus vite, fort et lorsque Jude explosa dans un cri tremblotant, Hutch plongea son visage dans le creux de son cou et le suivit.

HUTCH émergea de son coma post-orgasmique et réalisa que Jude et lui étaient complètement imbriqués l'un dans l'autre. Il était toujours au-dessus, mais Jude avait réussi par un moyen qui lui était encore obscur à se mettre sur le dos. Petit sournois. Les jambes de Jude étaient enroulées autour de lui, ses talons coincés au niveau de ses mollets. Leurs bras étaient aussi serrés autour de l'autre que possible, leurs mains s'agrippant à tout ce qu'ils pouvaient atteindre : épaules, dos, fessiers. *Seigneur.* C'était presque comique. Telle une figure de contorsionniste ou un truc dans le genre.

Il était plus que temps de s'éloigner et de regagner un minimum de dignité. Il était temps de reconstruire les murs. Par le passé, Hutch avait souvent connu ce type de situation lorsqu'il devait quitter ses amants, des civils, pour retourner à sa vie programmée à la seconde près. Il y était habitué. Mais la pensée même de s'éloigner de Jude lui paraissait dérangeante et erronée.

Il leva une main et la posa sur l'arrière du crâne de Jude, le pressant encore un peu plus près de la naissance de son cou à la place. Non, il n'avait pas envie de lui tourner le dos. Il n'avait jamais voulu davantage le *contraire* de sa vie.

— *Tu me fais mal, fit Jude d'une voix étouffée.*

Hutch rit de son propre comportement et détendit la pression imposée à ses membres.

— *Désolé.*

— *C'est bon. Je me suis toujours demandé comment ça faisait d'être un tube de dentifrice.*

152

Joueur, Jude pencha la tête et mordit son cou.

Le cœur de Hutch se mit à battre à une vitesse folle dans sa poitrine, comme s'ils étaient en pleins ébats au lieu d'en avoir tout juste terminé. Ses mains étaient moites.

— *Alors.*

— *Alors ?*

— *Je suppose que tu vas devoir vite prendre une décision à propos de toute cette histoire de changement de vie et tout ça.*

Jude soupira et se détacha suffisamment pour croiser le regard de Hutch. Il le sonda, à la recherche de réponses à ses questions.

— *Qu'est-ce que tu vas faire toi ? Tu sais déjà où tu vas aller ?*

Hutch haussa les épaules.

— *Je pensais à un endroit où il fait chaud. On est déjà en Amérique du Sud.* Il y a un bon nombre d'endroits où se cacher ici. L'Argentine, peut-être. Ou près de Santiago.

— Il faut que j'y retourne assez longtemps pour aller récupérer Lindy.

Hutch hésita. Il n'avait pas envie de se faire de faux espoirs.

— *Tu y as pensé ? Que toi et Lindy pourriez venir avec moi ?*

— *Ce serait un problème ? lui* demanda Jude avec un léger froncement. Avoir un gosse ?

— *Pas pour moi. J'ai toujours aimé les mômes.*

Hutch ne voulait surtout pas qu'il comprenne à quel point l'idée qu'il puisse partager sa vie et celle de sa fille avec lui le rendait stupidement sentimental.

— *Tu en es sûr ? C'est une sacrée corde au cou tout ça, Hutch. J'ai plutôt l'impression que tu préfères vivre seul.*

Hutch éclata de rire.

— *C'est pas parce que ma vie était comme ça que c'était un choix délibéré.*

Jude le dévisagea, l'air incertain.

Hutch ressentit le besoin de dire quelque chose.

— *Écoute, je ne recommanderais une vie de cavale à personne. Mais si tu tiens vraiment à quitter l'Agence et à mettre Lindy en sécurité, tu peux joindre ton wagon au mien si c'est ce que tu veux.*

Jude sembla se détendre et il esquissa un sourire en coin.

— *Joindre mon wagon au tien ? On est où là ? Sur la piste de l'Oregon ?*

Hutch roula les yeux.

— On peut se trouver un bon lopin de terre.

Les yeux de Jude s'écarquillèrent, brillant d'une fausse sincérité.

— Peut-être un endroit près d'une petite crique. On pourra s'acheter quelques vaches...

— Tais-toi.

— Et tu pourras même construire une étable avant l'hiver.

— Je vais te taper, le menaça Hutch d'une voix cassante.

— Mais c'est moi qui serai « Pa » et toi « Ma », et ça, c'est mon dernier mot. Je ne ferai pas de compromis là-dessus.

Hutch les fit tous les deux rouler sur le côté et pressa une main sur la bouche de Jude. Ses yeux bleus brillaient d'une lueur rieuse.

— Je retire ce que j'ai dit, dit Hutch. Tu ne peux pas venir avec moi.

Sous sa main, Jude fit la moue.

— Et même si tu venais, y aurait plus une seule mention aux mots « Ma » ou « Pa » ou encore « vaches ».

Jude opina, les yeux grands ouverts.

Hutch le libéra et picora brièvement sa bouche. Le sérieux de la conversation pesait sur lui en dépit de l'humour de Jude.

— Tu es sûr que c'est ce que tu veux ? C'est un grand saut. Il faut que tu sois certain.

Jude avala sa salive et leva une main pour la glisser dans les cheveux courts de Hutch. Il s'apprêta à reprendre la parole, mais marqua un arrêt.

— Quoi ? l'encouragea Hutch.

Sa pomme d'Adam eut un sursaut lorsqu'il déglutit.

— Même si c'était pas pour échapper à ces conneries avec l'Agence et pour protéger Lindy, je n'avais pas l'intention d'abandonner tout ça. Je sais qu'on ne se connaît pas depuis très longtemps, mais... ça, c'est... *toi.* C'est tout ce que j'ai toujours voulu. Si mes options étaient de ne plus jamais te revoir ou d'aller au fond des choses avec toi, alors j'en suis. Jusqu'au bout. Tu me crois ?

Peut-être que Hutch ne devrait pas, mais il avait confiance, sûrement parce qu'il ressentait exactement la même chose.

— Je te crois.

Hutch savait qu'il devrait l'en dissuader. C'était un pas de géant. Et une énorme responsabilité pour lui aussi, de reconstruire une vie, non pas seulement pour lui, mais pour Jude et Lindy également. Mais ce qu'il ressentait avant tout, c'était de l'espoir. De l'espoir et de l'anticipation, une impression que quelque chose de merveilleux l'attendait. Il n'avait plus senti ça depuis très, très longtemps.

— *On peut le faire, dit-il et il fut surpris de la confiance qui émanait de sa propre voix.*

— *Super.*

Le coin de la bouche de Jude se releva.

— *Je parle espagnol couramment et tu es le genre de dur à cuire honnête que n'importe qui engagerait, donc on s'en sortira.*

Jude serra Hutch fort contre lui.

Cela n'avait rien d'un plan. Pas encore. Mais c'était une nouvelle vie, un nouveau départ et les possibilités étaient infinies.

Épilogue

— **Pa** ! Pa !

Sur la plage, Lindy se rua aussi vite qu'elle le put vers Hutch. Elle était le portrait craché de Jude – sans l'âge et le genre bien sûr – et ses longues, élégantes jambes piétinaient le sable.

— *Regarde ce que j'ai trouvé !*

Hutch était allongé dans une chaise longue, lisant un bouquin. Il le posa lorsqu'elle lui présenta son poing fermé.

— *Qu'est-ce que ça peut bien être ? Un serpent ? Une dent en or ?*
Elle leva les yeux au ciel.

— *Une dent ? C'est dégoûtant.*

— *Une dent en or*. L'or n'est jamais dégoûtant, rétorqua Hutch.

— *C'est pas une dent en or. Regarde !*

Elle ouvrit la main pour révéler un coquillage. Il était petit et avait l'air fragile, d'une couleur blanche avec un arc-en-ciel opalescent à l'intérieur.

— *Ouah.* C'est joli, agréa Hutch. Tu devrais l'emmener demain pour le montrer à toute ta classe.

— *Oui.*

Lindy n'avait pas l'air ravie qu'on lui rappelle qu'elle avait école un dimanche.

— *On peut revenir à la plage demain aussi ? S'il te plaaaaaît ?*

Elle lui fit sa meilleure imitation des yeux de chien battu. Elle avait exactement les mêmes yeux bleus que son père, mais ils étaient pour lui toujours presque aussi irrésistibles. En prime, elle grimpa sur les genoux de Hutch. Elle savait qu'il ne résistait jamais à l'appel d'un câlin.

Hutch retint un sourire devant sa tentative pas très subtile de manipulation.

— *Ben, je ne sais pas trop, Lind. Si on revient à la plage, papa va devoir sauter le travail lui aussi. Imagine un peu tous les enfants à qui il va manquer.* En plus, ça ne le fait pas trop un prof qui fait l'école buissonnière, tu sais?

Jude avait décroché un job en tant que professeur d'anglais et d'espagnol dans l'école internationale de Lindy. Il enseignait aux CM2 et aux sixièmes, mais au moins, il était sur le même campus que Lindy.

— *Non, ils vont avoir un remp'açant et des fois, c'est encore p'us drôle !* insista Lindy.

Désormais entrée au CP, elle se prenait pour une experte de tout ce qui avait un rapport avec l'école.

— *Bah, peut-être que ça peut l'être si le professeur n'est pas très gentil. Mais ce ne sera pas ton père. Il manquerait à ses élèves.*

L'expression anéantie de Lindy lui concéda ce point-là.

— Oh, OK. Mais on peut venir après l'école sinon ?

— *Peut-être mercredi ?*

En tant qu'agent de sécurité, Hutch avait ses mercredis de libre. Le poste dans une firme de biotechnologie était pour le moins ennuyant, mais la paie était bonne, ses heures fixes et ils ne l'avaient pas interrogé au sujet de son CV plutôt mince et entièrement inventé.

Lindy décida de compter ça comme une victoire.

— Youpi ! On revient mercredi !

— *Peut-être mercredi*, la reprit Hutch, levant intérieurement les yeux au ciel. Il faut qu'on voie avec papa s'il a prévu autre chose.

— *Il ne prévoit jamais autre chose. C'est mon papa, affirma* Lindy, confiante.

Elle sauta des genoux de Hutch et retourna à son château de sable à moitié terminé près du bord de l'eau à quelques mètres de là.

Hutch la regarda partir, une douceur dans la poitrine et toute l'intensité des sentiments qu'elle lui inspirait. Il ne s'était jamais imaginé comme du type paternel, sûrement parce qu'en tant que Marine homosexuel, il n'avait jamais pensé que ce serait un jour une possibilité. Mais cela lui plaisait. Beaucoup même. Elle ressemblait autant à Jude qu'elle différait de lui. Sa présence dans leur vie avait donné à leur famille une certaine dimension, des racines fortes, et il n'échangerait cela pour rien au monde.

En plus, elle avait pour lui un amour sans réserve. Si les miracles existaient, cela ne pouvait qu'en être un.

Le regard de Hutch glissa de la silhouette de Lindy, qui pelletait le sable avec une concentration absolue, jusqu'à la mer. Jude en sortait tout juste après sa baignade. Ils se trouvaient à une bonne centaine de kilomètres de Santiago et l'eau étant vraiment transparente, il put apprécier la vue des jambes puissantes de Jude se débattre avec le sable. Cela lui donna l'eau à la bouche et des papillons s'agitaient dans son ventre encore maintenant, au bout de deux ans.

Le regard de Jude était rivé sur celui de Hutch tandis qu'il bataillait avec les vagues. Ce salaud était parfaitement conscient de l'image qu'il donnait, et il se mouvait lentement, marquant quelques pauses, un sourire aux lèvres. Il atteignit le sable sec et s'arrêta devant Lindy pour déposer un baiser sur son front avant de poursuivre son chemin jusqu'à Hutch.

— *Tu te sens bien revigoré maintenant, c'est bon, pas vrai ?* l'interrogea Hutch, le ton ayant baissé d'une octave.

Le sourire de Jude ne fit que s'agrandir. Il se pencha sur le transat de Hutch, s'aidant des accoudoirs de la chaise. Il laissa couler plusieurs gouttes d'eau salée sur le torse de Hutch, ce qui était stupidement sexy.

Hutch plongea ses yeux dans les iris bleues de Jude et serra les dents.

— Allumeur.

— *Moi ? C'est toi qui as le torse huilé.*

Jude coula un doigt dans la lotion solaire sur sa poitrine. *Ploc, ploc, ploc.*

Oh, bon sang. Il était plus que temps de récupérer leurs affaires et leur fille avant de retourner à la maison pour le dîner. Et de la mettre tôt au lit. Le plus tôt serait le mieux. Hutch était sur le point de tirer Jude vers lui pour l'embrasser lorsque son téléphone vibra.

158

Jude poussa un soupir résigné et se releva. C'était pour le mieux, se dit Hutch. Lindy les avait déjà vus s'embrasser par le passé, mais Hutch avait envie de bien plus qu'un simple baiser à ce moment-là.

Il réajusta son maillot de bain et attrapa son portable. Les seuls qui avaient son numéro étaient Jude, les professeurs de Lindy et le travail. Il regarda le message sans comprendre. Il lui fallut un petit moment avant que l'information ne parvienne à son cerveau.

Je t'avais dit que ce jour viendrait. Si toi et ton beau gosse vous voulez revenir, j'ai une feuille dorée à ton nom et un nouveau paquetage. R

— Hutch ? Qu'est-ce qu'il y a ? demanda Jude, l'air inquiet.

— *Quelque chose vient de tomber. Faut qu'on y aille.*

Aussitôt qu'ils eurent rejoint leur appartement, Jude tenant Lindy par la main et Hutch avachi sous leurs affaires de plage, ce dernier lâcha tout. Pendant que Jude emmenait Lindy dans sa chambre pour qu'elle y joue, Hutch alla jusqu'au salon et alluma la télé. Cela prit un peu de temps avant que l'histoire n'éclate sur la chaîne internationale de la CNN, mais lorsque l'heure tant attendue arriva enfin, Hutch pouvait à peine en croire ses yeux.

Le général Ted Bormer fait l'objet d'une enquête à la suite de multiples charges, variant de la falsification de documents et du chantage à de la torture et même au meurtre. L'arrestation du général Bormer la nuit dernière fut le point culminant d'une investigation privée qui durerait depuis plusieurs années. Des sources affirment qu'il est actuellement détenu dans une base militaire tenue secrète jusqu'à ce qu'on décide s'il sera formellement amené devant la cour martiale et où cela se déroulera-t-il. La HDC, l'Agence de lutte contre le terrorisme, dirigée par Bormer, est provisoirement prise en charge par le commandant Randall Stansen.

Il y avait une photo de l'arrestation de Bormer. Hutch reconnaissait les murs blanc et chrome du couloir sur le cliché, il devait avoir été appréhendé dans les quartiers mêmes de l'Agence. La police militaire guidait Bormer menotté le long du corridor. Au second plan, un groupe de personnes observait la scène se dérouler. L'un d'entre eux n'était autre que Randy. Seul quelqu'un qui connaissait aussi bien Randy que Hutch pouvait déceler la lueur de satisfaction sur son visage.

Mais pour le moment, la seule chose que Hutch arrivait à assimiler, c'était l'arrestation de Bormer. *Bormer avait été stoppé.* Et il y avait peu de chances qu'il s'en relève un jour.

Jude s'écrasa à côté de Hutch sur le canapé et passa un bras autour de ses épaules.

— *Tout va bien ?*

— *Ouais, affirma Hutch,* lui-même surpris devant l'intonation bourrue de sa propre voix.

Bormer arrêté. Enfin. Bon sang. Hutch se sentait carrément rayonner de l'intérieur. *C'est pour toi, Jenny. Pour beaucoup d'autres, mais surtout pour toi.*

— *Ça fait du bien de voir que les psychopathes comme lui ne remportent pas la partie en fin de compte,* peu importe à quel point ils sont élevés dans la chaîne alimentaire, commenta Jude en caressant l'épaule de Hutch.

Ce que ressentait ce dernier était tellement dévorant qu'il avait du mal à trouver les mots.

— *J'aurais aimé faire partie de ceux qui se sont concertés pour le stopper. J'aimerais au moins donner mon témoignage. Si cet enfoiré arrive jusqu'en cour martiale, je veux être là pour pouvoir le regarder dans les yeux* lorsque je leur raconterai ce qu'il a fait.

— *OK, fit pensivement Jude. Il bien y avoir un moyen de contacter l'accusation.*

Hutch sortit son téléphone de sa poche, appuya sur le message de Randy et tendit à Jude l'appareil.

Ce dernier prit connaissance du contenu.

— *Eh ben, ça a été rapide. Bormer n'a été arrêté qu'hier soir !*

Hutch renifla.

— *J'ai le sentiment que Randy a longtemps attendu de pouvoir appuyer sur cette gâchette-là.*

— *Tu crois qu'il a participé à l'enquête qui a fait tomber Bormer ?*

— *Bon Dieu, y a intérêt.*

Jude sombra dans le silence pendant un moment.

— *Du coup, tu peux retourner travailler pour l'Agence si tu le veux, hein ?* En tant que commandant Todd ?

— *Et toi aussi. C'est ce que tu veux ? Retourner aux* États-Unis ? À l'Agence ?

Pour être tout à fait honnête, Hutch n'était pas vraiment pour l'idée que Jude reprenne son boulot d'espion. C'était trop dangereux. Et il n'avait pas envie que Jude se retrouve là-dehors, à risquer sa vie, même si au fond c'était carrément hypocrite de sa part puisqu'il avait lui-même passé une bonne partie de sa vie à prendre des risques qui auraient bien pu s'avérer mortels pour son pays.

Jude ourla les lèvres et lança un regard en biais à Hutch. Il marqua un temps d'hésitation.

— Lindy aime vraiment beaucoup son école ici.

— *C'est vrai.*

— *Et j'adore pouvoir la voir pendant la journée.*

— *Ouais.*

— *Et l'uniforme que tu portes pour le travail est terriblement sexy.*

— *C'est vrai aussi. Mais c'est difficile de résister à la tentation de se voir attribuer le grade de « commandant ». Je peux déjà t'entendre crier ça au lit.*

Sa voix exsudait le sérieux, mais ses lèvres le trahirent.

Les yeux de Jude s'écarquillèrent.

— Hmmm. Peut-être. Mais je suis quand même plutôt attaché à « Capitaine », n'empêche.

— *Dans ce cas, on reste, plaisanta Hutch.*

Seulement, cela n'avait pas du tout l'air d'une plaisanterie.

Il était soulagé, plus qu'il n'aurait jamais imaginé pouvoir l'être. Lui, Jude et Lindy… Personne n'avait une vie parfaite. Mais c'était aussi parfait que cela pouvait l'être – aussi proche d'un paradis que Hutch Todd pourrait jamais approcher.

— *Cool.* Y a trop de neige à Washington de toute façon, grommela Jude. Est-ce que je t'ai déjà dit à quel point je détestais la neige ?

— *Ne m'en parle même pas.*

Hutch lova Jude tout contre lui sur le sofa et glissa une main sous son haut.

— *C'est froid, voilà ce que c'est.*

— *La neige a tendance à l'être, c'est vrai, consentit Hutch en faisant courir son nez contre le cou de Jude.*

— *Je sais bien que tu es M. Patrouille de Ski, mais plus sérieusement. Qu'est-ce qu'il y a à reprocher au soleil ?*

— *Rien du tout.*

Hutch s'agenouilla sur le tapis et il promena ses mains sur les cuisses nues de Jude. Pour sa part, le fait que Jude ne porte que des shorts lorsqu'il était à la maison était une raison suffisante de courber l'échine devant les rayons du soleil.

161

Les pupilles de Jude se dilatèrent sous le désir, toutefois, il attrapa une des mains de Hutch.

— *Plus sérieusement, Hutch. C'est ta seule chance de reprendre le service actif. Tu veux vraiment rester là ? Je dois avouer que je n'aime pas du tout l'idée que tu repartes au combat.*

— *Pareil*, répondit Hutch.

Vu que Jude lui tenait les mains, il baissa sa joue contre sa cuisse et embrassa la peau pâle au creux de son genou.

— *Ce serait bien d'obtenir un pardon et une démission officielle pour qu'on puisse se servir de notre véritable identité.* Pouvoir revenir aux États-Unis en visite si on le souhaite. Un jour.

— *OK. Mais pas en hiver, ajouta Jude.*

— *Tu en es sûr ? J'ai entendu parler de cette superbe station de ski.* Avec les plus belles vues sur les aurores boréales.

— Hutch ?

— *Quoi ?*

— *Ferme-la et embrasse-moi.*

Un témoin gênant par M.J. O'Shea

Leurs retrouvailles passionnées n'étaient pas prévues au programme !

Malgré sa nationalité américaine, August O'Leary est l'organisateur de mariage le plus recherché de Londres. Bien sûr, Libby et Edward s'adressent à lui pour organiser un mariage inoubliable. Edward étant un businessman très occupé, c'est à Libby et son meilleur ami, Christopher Burke, de s'occuper des détails… Christopher, le grand amour d'August, et l'homme qui lui a brisé le cœur huit ans plus tôt.

Comment August peut-il réussir l'événement de l'année alors que Christopher le distrait et que des sentiments passés s'invitent à la fête ?

Christopher a laissé l'argent et son statut social diriger sa vie, mais c'est terminé. Parce qu'il était incapable de résister aux attentes des autres, il a perdu son avenir avec August, un avenir qui devait inclure un mariage. Il doit désormais affronter la souffrance et la colère d'August, et lui prouver qu'il peut le rendre heureux, à tout jamais.

Le secret de Poppy par Andrew Grey

Une deuxième chance née de l'amour.

Pat Corrigan et Edgerton « Edge » Winters étaient prêts à fonder une famille – du moins, c'est ce que pensait Pat. À la dernière minute, Edge a pris peur et s'est enfui. Pat n'a pas pris la peine de lui dire que la conception avait déjà eu lieu et que la petite Emma était en route. Il ne voulait pas d'une relation basée sur une obligation. Il préférait encore élever sa fille seul.

Neuf ans plus tard, Emma et son Poppy se portent bien. Ce n'est pas de cas d'Edge. Il réalise ce qu'il a rejeté en partant et il est de retour pour changer sa vie et reconquérir sa famille. Il devra déployer des efforts considérables afin de prouver à Pat qu'il est un autre homme, et même s'il y parvient, le secret que Pat a gardé pendant des années pourrait bien briser à nouveau leurs rêves.

www.ingramcontent.com/pod-product-compliance
Lightning Source LLC
Chambersburg PA
CBHW022200240626
47153CB00007B/2749